ロルカ詩集

長谷川四郎訳

ロルカ詩集

新しい歌

昼過ぎが言う——影を飲みたい！
月は言う——飲みたいのは星の輝き
澄みきった泉は唇をもとめ
風がもとめるのはため息

匂い　笑い　新しい歌
これがぼくの飲みたいものだ
月だとかユリの花だとか
死んだ愛などから自由な歌だ

あすともなれば一つの歌が
未来の静かな水面をゆさぶり
そのさざ波とぬかるみを
希望でふくらますだろう

光り輝いておちついて
思想に満ちた一つの歌
悲しみや苦しみやまぼろしに
まだよごれていない一つの歌

抒情的な肉体なしに
笑い声で静寂を満たす歌だ
（未知のものへと放たれた
めくらのハトの一群だ）

もろもろの物　もろもろの風
その中心にせまる歌だ

とこしえの心の喜びに
最後にはやすらう歌だ

Cantos nuevos

七月のある日のバラード

牡牛たちつけている
銀の大きな鈴
――どこへいく
日光と雪のような娘よ？
――みどりの牧場
ヒナギクのところへ
――牧場はとても遠い
心配がいろいろ

――アオサギも暗い影も
あたしの愛はこわくない

――太陽を恐れなさい
日光と雪のような娘よ

――それはもうあたしの髪から
立ち去ってもどってこない

――あなたはだれで
どこからきたのか白い娘よ？

――もろもろの愛と泉
愛と泉からきたのです

銀の大きな鈴
牡牛たちつけている

――燃える口の中に
なにをくわえている？

――生きていて死んでいる
あたしの恋人の星

――なんて鋭い軽い乳房
その中になにがある？

――生きていて死んでいる
あたしの恋人の剣

——なんて黒いまじめな目
その中にはなにがある？
——傷ついてなおらない
あたしの悲しい物思い
——死の黒いマント
なぜ着ているの？
——ああ　あたしはやもめ
悲しい貧しいやもめ
ラウレル・デ・ロス・
ラウレーレス伯の！
——愛する者がいないのに

ここでなにをさがしている？
——デ・ロス・ラウレーレス
伯爵の死体をさがして
——あなたはうらぎるやもめ
愛をさがしているね？
見つかればいいが
あなたのさがしている愛
——空の小さな星のむれ
あれがあたしの願い
どこにみつかるでしょう
生きていて死んでいる恋人は？

——死んで水の中にさ
白い雪の娘よ
彼はかぶっている
ノスタルジアとカーネーション

——ああ　糸杉の並木路を
さまよう騎士よ
あたしの魂はささげましょう
あなたに月明りの一夜を

——ああ　夢みるイシス[二]よ
子供たちの口の中へ
つくり話をそそぎこむ　すげない娘よ
あなたにぼくの心をささげよう
こわれやすいぼくの心
女たちのまなざしに傷つけられて

——あなたはやさしい騎士
神ともにいますように
あたしはいきます
ラウレルの伯爵をさがしに

——さようなら　娘よ
眠っているバラの花よ
あなたはゆく愛のほうへ
ぼくはゆく死のほうへ

牡牛たちつけている
銀の大きな鈴

血をふく泉
ぼくの心臓

Balada de un día de Julio

夢

冷たい泉のそばに休んでいるぼくの心
（物忘れのクモよ
糸をはりめぐらしておくれ）

泉の水が歌をきかしたぼくの心
（物忘れのクモよ
糸をはりめぐらしておくれ）

目をさまして愛を歌ったぼくの心
（だんまりのクモよ
秘密の網をあんでおくれ）

泉の水が陰気くさく聞いていた
（だんまりのクモよ
　秘密の網をあんでおくれ）

冷たい泉にころびこむぼくの心
（遠くの白い手よ
　水をおさえておくれ）

水が楽しく歌いながら運んでいくぼくの心
（遠くの白い手よ
　なにも残らない水の中）

Sueño

小さい広場のバラード

しずかな夜
子供たち歌う
――明るい流れ
のどかな泉！

子どもたち

あなたの楽しそうな
すてきな心が
持っているもの
それはなあに？

私

霧に消えた
鐘のひびきさ

子供たち

小さい広場で
歌っている
あたいたちから
あなたはもう
去っていく
――明るい流れ
のどかな泉！

春めいた
あなたの手が
持っているもの

それはなあに？

私

血のバラと
白いユリさ

子供たち

それなら大昔の
古い歌の水に
つけておやりよ
――明るい流れ
のどかな泉！

あなたの赤い
かわいた口に

どんな味がするの？

私

ぼくのでっかい
しゃれこうべの
骨の味さ

子供たち

大昔の古い歌の
すんだ水を
飲みなさいよ
――明るい流れ
のどかな泉！
この小さい広場から

なぜ遠くへいくの？

私

魔法使いと
王女さまを
さがしにさ

子供たち

詩人たちの
ゆく小路あなたに
おしえたのだあれ？

私

大昔の古い歌の
泉と流れさ

子供たち

陸と海から
遠く遠く
いってしまうの？

私

ぼくの心は絹の心
——ともし火と
消えた鐘の音と
ユリと蜜蜂が
いっぱい——
ぼくは遠くまで
いくだろう
山々から海から
遠く遠く
星空にぐんと近く
主キリストに頼むため
伝説で甘く熟れた
羽帽子かぶり
木のサーベルぶらさげた
ぼくの大昔の
子供の心かえしておくれと

子供たち

歌っている
あたいたちから
あなたはもう
去っていく
——明るい流れ

のどかな泉！

風に傷ついた
ひからびた葉のむれの
でっかい目玉が
こぼしている死んだ葉っぱ

Balada de la placeta

海の水のバラード

遠くでほほえむ
海
歯をむく泡
青空のくちびる

——不安そうな娘よ
胸をはだけて　何を売る？

——あたしは売る
海の水　だんなさま

——黒ずんだ若者よ

血にかきまぜて　何を運ぶ？
――ぼくは運ぶ
海の水　だんなさま
――母よ　どこからきた
この塩からい涙は？
――わたしのこぼす涙は
海の水　だんなさま
――心よ　どこから湧く
この重くにがい悲しみは？
――海の水は
にがいにがい

海
遠くにほほえむ
歯をむく泡
青空のくちびる

La balada del agua del mar

三つの川の小さなバラード

オリーブとオレンジのあいだ
流れるグァダルキビール
雪から小麦へおちてくる
グラナダの二つの流れ

　おお　恋よ
　立ち去って帰らなかった！

ザクロ色の髯をはやした川
グァダルキビールよ
グラナダの二つの流れ
一つは涙　一つは血

　おお　恋よ
　空に消えた！

セビリヤには
帆舟でいく道がある
グラナダの水を
こぐのはため息ばかり

　おお　恋よ
　立ち去って帰らなかった！

風はオレンジにざわめく
高い塔　グァダルキビール
ダウーロとヘニール[三]は小さな塔

沼のほとりで死んでいる

おお　恋よ
空に消えた！

誰が言うだろう
水は泣き声の鬼火を運ぶと！

おお　恋よ
立ち去って帰らなかった！

アンダルシーアよ　運んでいけ
オレンジの花とオリーブを　おまえの海へ

おお　恋よ

空に消えた！

Baladilla de los tres ríos

ジプシー風シギリーヤ[四]の詩

風景

オリーブの畑
開いたり閉じたり
扇子のよう
オリーブの木々の上
くずれおちる空
冷たい星々の
暗い雨がふる
ふるえている
アシと闇
川のほとり
灰色の空気がさざなみ立つ
オリーブの木々に
叫び声がいっぱい
一群れの
とらわれの鳥
長い長い尾をふっている
暗い影の中で

Paisaje

ギター

ほら始まる
ギターの泣き声
ひびわれる

明け方のコップ
ほら始まる
ギターの泣き声
おさえてもだめ
おさえること
できぬ
ふる雪の中
水が泣くような
風が泣くような
一つ調べの嘆き節
おさえること
できぬ
遠くのものを
泣いている声
白いツバキを求める

熱い南の砂
マトのない矢が泣いている
朝のない夕べが泣いている
枝の上で死んだ
初めての鳥の嘆き
おお　ギター！
五つの剣で
深い傷を負った心

La guitarra

叫び声

叫び声が一つ
その楕円
山から山へ

ころがっていく

オリーブの木々から
青い夜空に
立つだろう黒い虹

アーイ！

風の長い絃を
高鳴らせた叫び声
バイオリンの弓のように

アーイ！

（穴からカンテラさげて
人々が出てくる）

アーイ！

El grito

El silencio

静寂

お聞き　わが子よ
静寂を
それは波うつ一つの静寂
谷とこだまがすべっていく
一つの静寂
もろもろの額を
地面へとひきつけて

シギリーヤ通りすぎる

黒い蝶々にまじって
浅黒い少女がいく
白い霧の一匹の
ヘビとならんで

光は大地
大地は空

どうしてもとどかないリズム
その震動に魅せられた少女
彼女はもつ銀の心臓
右手には短刀

シギリーヤよ　どこへいく
頭なきリズムとともに？
石灰と夾竹桃の
おまえの苦しみを
とりあげるのはどんな月？

光は大地
大地は空

El paso de la siguiriya

通りすぎたあと

子供ら見ている
遠のいていく一つの点

一つ一つランプは消え
月にもの問う
めくらの少女三四人
空中をのぼっていく
嘆きの渦巻き

山々は見ている
遠のいていく一つの点

Después de pasar

　　またそのあとで

時間のつくる
迷路々々

消えていく

（ただ残る
砂漠だけ）

希望の泉
こころ
消えていく

（ただ残る
砂漠だけ）

朝やけのまぼろし
キス　キス　キス
消えていく

ただ残る
砂漠だけ
波うつ
一つの砂漠

Y después

乾いた土地

乾いた土地
静かな土地
はてもない
夜々の

（オリーブ畑の風
山の中の風）

古い
土地
ランプと
苦しみの

土地
深い深い水貯めの
土地
目の欠けた死と
とびかう矢の

（あらゆる道の上の風
ポプラ並木の微風）

Tierra seca

村

Pueblo

裸山の上に
キリストはりつけの像
すんだ水と
百歳のオリーブの木々
せまい路地をいく
マントにくるまった男たち
塔の上で
風見がまわる
いつまでも
くるくるまわる
おお　ほろびかけた村よ
嘆きのアンダルシーアの！

短刀

心臓に深く
はいりこむ短刀
休んでいる畑に
くいこむ犂の鋭い刃

いな
ぼくに打ちこむな
いな

不気味に暗い
谷間に火をはなつ
太陽の光線

短刀

いな
ぼくに打ちこむな
いな

Puñal

四つ辻

東の風
街燈が一つ
心臓にささった
短刀
街路の
ふるえ
はりつめた
絃の
ふるえ
巨大なハエの
いたるところ
ぼくは見る

心臓にささった
短刀

Encrucijada

アーイ！

風に糸杉の影
のこしていく叫び声

（ぼくをほっといてくれ
この畑で泣かしてくれ）

ものみなこわれてしまった
のこるのは静寂だけ

（ほっといてくれ
この畑で泣かしてくれ）

明りのない地平線
かがり火に噛み殺されて

（もうきみらに告げた
ほっといてくれ
この畑で泣かしてくれ）

¡Ay!

不意打ち

短刀を胸に
道ばたにころがっていた
見知らぬ男
街燈が一つふるえていた！
道ばたにふるえていた
おふくろよ
なんと小さなランプだろう！
夜明け前の男の目
さむざむとした空気にひらかれ
誰の姿もうつらなかった
短刀を胸に
死んで街路にころがっていた

彼を知る者
一人としていなかった

Sorpresa

ソレアー

黒いヴェールをかぶった彼女
考える——世界はごく小さくて
心臓がとほうもなく大きいと

黒いヴェールをかぶった彼女

考える——やわらかな溜息も
叫び声も消えていくと
風の流れの中へ

黒いヴェールをかぶった彼女

バルコンは開かれたままで
夜明けにバルコンから
流れこんできた　全天空

アーイ　アイアイアイアイ
黒いヴェールをかぶってしまった！

La Soleá

ほらあな

ほらあなから出てくる
長い長いすすり泣き

（赤地に
濃紫のもの）

ジプシーは呼びおこす
遠い国々

（高い塔と人間たち
ふしぎな人々）

声がとぎれて
その中を彼の目がいく

（赤地に
黒いもの）

石灰で白いほらあな
金色にふるえ

（赤地に
白いもの）

Cueva

出会い

ぼくもきみも
出会うという
覚悟がなかった
きみには…きみのわけがあろう
ぼくは出会いが好きだったのだ！
この足跡路をたどっていけ
ぼくの両手に
ついている
釘の穴
見えないか
血を流しているぼくが？
けっしてふりむいてはいけない

ゆっくりと歩いていき
ぼくのように
聖カエタノに祈ることだ
ぼくもきみも
出会うとは
思ってはいなかったから

Encuentro

道

どこへいく
喪服きた百人の馬乗りは
オレンジ林によこたわる
空にそって?
コルドバにもセビリヤにも
彼らはいかないだろう
いつも海をなげいている
グラナダにも
ねぼけて歩く馬どもが
彼らを運んでいくだろう
いりくんだ十字路へ
そこでは歌がふるえている

どこへいく
百人のアンダルシーアの馬乗りは
七つの悲しみの釘をうたれて?

Camino

デ・プロフンディス

ひからびた地面の下ふかく
とこしえにここに眠る
恋わずらいの男女百名
長い長い赤い道路を
もっているアンダルシーア
コルドバはもっている
みどりのオリーブ畑
百の十字架をそこに立て
彼らへの思い出としよう
恋わずらいの男女百名
今やとこしえにここに眠る

De profundis

おとむらいの鐘の音

きいろい
いくつかの塔の中で
いっせいに鳴っている鐘

きいろい
風にのって
遠くひらけていく
鐘の音

死が歩いていく
一本の道
しおれたオレンジの花をつけて

歌っている歌っている
死が一つのしずかな歌を
彼の白いラウテ[五]にあわせて
歌っている歌っている歌っている

きいろい
いくつかの塔の中で
鐘が鳴りやむ

土埃りから
風がつくりだす
流されていく銀の舳

Clamor

ローラ

オレンジの木かげで
木綿の産着を洗うローラ
彼女の目はみどり色
声はスミレ色

ああ　恋よ
花さくオレンジの木かげ!

日にかがやいて
堀の水は流れていった
スズメが一羽うたっていた
小さなオリーブの茂み

ああ　恋よ
花さくオレンジの木かげ！

やがてシャボンをぜんぶ
ローラは使ってしまった
若い闘牛士がやってくるだろう

ああ　恋よ
花さくオレンジの木かげ！

La Lola

アンパーロ

白い服きて
家ではなんて一人ぼっち
アンパーロよ

（オランダ水仙とジャスミンと
そのあいだには赤道が）

きこえてくるよ
中庭のみごとな噴水
やさしいカナリアの
きいろいトリル

夕ぐれがくると見えてくる
糸杉の木々
小鳥どものふるえる喉
おまえはおちつきはらい
麻布に文字を縫いとる

アンパーロ
白い服きて
家ではほんとに一人ぼっち
なんてむずかしいんだろう
おまえが好きだと告げるのは
アンパーロよ

Amparo

死の嘆き

黒い空に黄色く
小さな蛇の点々

目とともに来たこの世から
出ていく時は目をもたぬ
いとも大きな苦しみの主よ！
やがて
この地上に
ランプ一つ毛布一つ

よい人々のきたところへ
きたいと思った

ぼくは来た　神よ！
だがやがて
この地上に
ランプ一つ毛布一つ

小さな黄色いレモンよ
レモンの木よ
風に投げてやれ
小さなレモンを
そうでしょう！　それから
やがて
この地上に
ランプ一つ毛布一つ

黒い空に黄色く

小さな蛇の点々

Lamentación de la muerte

忘れるな

ぼくが死ぬだろうとき！

Memento

ぼくが死ぬだろうとき
ぼくのギターと一しょに埋めてくれ
砂の下に

ぼくが死ぬだろうとき
オレンジと
ハッカのあいだで

ぼくが死ぬだろうとき
よかったら埋めてくれ
吹き流しの旗の中に

マラゲーニャ[六]

死が入ったり
出たり
居酒屋

通りすぎる黒い馬ども
人相のよくない連中
ギターの奥の
小路を通って

塩の匂いがする
女の血の匂いがする
海辺の

熱病やみのオランダ水仙

死が
入ったり出たり
出たり入ったり
死が
居酒屋に

Malagueña

ダンス

セビリヤの町で
おどるよカルメン
髪はもう白い
目がぎらぎら

少女たちよ
カーテンをしめなさい

カルメンの頭の中
とぐろまく黄色いヘビ一匹
カルメンおどりヘビは夢みる
むかしの色男たち

少女たちよ
カーテンをしめなさい

人ひとりいない街路
だが路地の奥でとけてくる
アンダルシーアの人々の心の謎が
それは古いトゲをもとめている

少女たちよ
カーテンをしめなさい

Baile

溜り水

糸杉　いとすぎ
（とめられた水）

黒いポプラ
（水晶の水）

やなぎ
（深い水）

こころ
（ひとみの水）

Remanso

小さな溜り水

きみの目にうつして見た
ぼくの姿
きみの心を思いながら

夾竹桃　白い

きみの目にうつして見た
ぼくの姿
きみの口を思いながら

夾竹桃　赤い

きみの目にうつして見た
ぼくの姿
きみは死んでいた！

夾竹桃　黒い

Remansillo

バリエーション

そよ風の溜り水に
こだまの枝

波の溜り水に
星々の葉むれ

きみの口の溜り水に
キスの茂み

Variación

溜り水、終りの歌

もう夜だ

夕ぐれのカナ床で
打たれるよ月の輝き

もう夜だ

歌の文句に
つつまれる大木

もう夜だ

そよ風の小路通って
もしきみが会いにきたら

もう夜だ

泣いているぼくに会うだろう
大きなポプラ並木の下で
　ああ　黒い髪の人よ
大きなポプラ並木の下で

Remanso, canción final

半月

月はゆく
水の上
なんとすんだ
空だろう？
川の流れの
古いふるえ
刈りとって
ゆく月を
手鏡に
とっている
若いカエル

Media luna

四つの黄色いバラード

1

あの山の上の
一本の緑の木

ゆく羊飼いよ
くる羊飼いよ

燃える平野に沈む
ねむそうなオリーブの木々

ゆく羊飼いよ

くる羊飼いよ

白い羊も犬も杖も
恋もおまえにはない

ゆく羊飼いよ

金色の影のように
麦打場に溶けていくおまえ

くる羊飼いよ

2

黄色だった
大地

森のほとり　森のほとり
小さな羊飼いよ

白い月も
星も光っていなかった

森のほとり　森のほとり
小さな羊飼いよ

ブドウの涙を切りとっていた
黒い髪のブドウづみの女

森のほとり　森のほとり
小さな羊飼いよ

3

金色の野原に
二頭の赤い牛

牛にはある
古い鐘のリズムと
鳥のまなこ
牛はふさわしい
霧の朝に
だがまた夏の
空のオレンジに入りこむ
生れながら年老いて
ボスはいない
そしておぼえている
横腹の翼のこと
牛はゆく
いつも溜息ついて
ルト《セ》の畑を
さがしている浅瀬
永遠の浅瀬
星の光に酔って
くりかえし噛む
自分の涙

4

金色の野原に
二頭の赤い牛

ぼくは歩く

ヒナギクの空の上

この夕べ考える
自分は聖者であると
ぼくの両手に
おかれた月
それを空間に
かえしてやった
するとそのお返しに
ぼくはもらった
バラと後光

ぼくは歩く
ヒナギクの空の上

そして今　ぼくはいく
この野原
わるい色男どもから
娘たちを助けるために
男の子みんなに
金貨を与えるために

ぼくは歩く
ヒナギクの空の上

Cuatro baladas amarillas

アダム

朝は血液の樹木に濡れ
うめいている生まれたての女
生傷にクリスタルのきらめき
窓に骨格図
のこしていくうめき声

その時さしてくる日光
照らしだす寓話の白い境界線
あのリンゴの実の
曇った涼しさへと逃れながら
この寓話は忘れている
立ちさわぐ血管のどよめきを

粘土の熱気の中で
アダムは夢にみる
ひとりの子供が近づいてくると
走ってくる子供
頬に二重の血を脈うたせて

だがもう一人の暗いアダムがいて
彼は夢みているのだ――
その光の子がついにそこで
燃えあがっていくだろう
種なき石の中性月を

Adán

時計の空地

ぼくは坐った
時間の空地に
静寂の
白い一つの静寂の
水たまり
でっかい車座
浮ぶ十二の
黒い数字と
ぶつかっていた
スバル　スバル

Claro de reloj

七人むすめの歌（虹の学説）

歌う七人
むすめ

（天上の弓
落日の音階）

七重唱の魂
七人むすめ

（白い空中に
大まかな七羽の鳥）

死ぬ七人
むすめ

（どうして九人
…二十人でなかったか）

川にのまれて
見えない娘たち

Canción de las siete doncellas

窓のノクターン

1

空ゆく月
流れる低い風

（空をさぐる
ぼくの広い視線）

波の上の月
風の下の月

（地面をさぐる

ぼくの狭い視線)

聞こえる二人の
女の子の声
ぼくは苦もなく
水の月から
空の月へと
のぼっていく

2

夜が腕を
ぼくの窓から入れた

ブロンズの太い腕
水の腕輪

澄んだ青い水の上で
川遊びしていたぼくの魂

傷ついたきれぎれの瞬間が
時計の中をすぎていった

3

窓から頭を出して
ぼくは見る
風がその刃で
ぼくの頭を切ろうとするのを

この見えない断頭台に
ぼくは置く

ありとあらゆるぼくの望みの
目なし頭を

レモンの匂いが満たしている
この広大な一瞬時
風は変る
ガーゼの花に

4

きょう池で見つかった
死んでいる水の精
池から出てよこたわっている
死のころもに包まれた地面に

頭から股にかけて

彼女を呼ぶ魚が一匹
風は言う――「ぼくの娘」と
だが彼女は目をさまさない

彼女の長い髪をときほぐし
ばらばらにしている池
さらけだされた灰色の乳房を
カエルどもがぴくぴく動かす

神　なんじを救いたまえ
リンゴの木の下で死んでいる
池の娘のために
水の聖母にお祈りにいこう

彼女のそばにぼくは供えよう

二つの小さなカボチャを
彼女がうまく漂ってゆくようにと
ああ！　塩からい海の方へ

Nocturnos de la ventana

騎馬行（一八六〇）

追いはぎどもの
黒い月光の中で
歌っている拍車

小さな黒い馬よ
——死んだ乗り手をどこへ運ぶ？

……手づなを失ない
動かない追いはぎの
がっちりと堅い拍車

冷たい小馬よ

——なんというナイフの花の匂いだろう！

黒い月光の中で
血を流した山の横腹
シエラ・モレナ

小さな黒い馬よ
——死んだ乗り手をどこへ運ぶ？

夜は拍車をいれる
星々の鋲をうちこんだ
自分のわき腹に

冷たい小馬よ
——なんというナイフの花の匂いだろう！

黒い月光の中で
金切声が一つ
つづいてかがり火の長い角笛

黒い馬よ
——死んだ乗り手をどこへ運ぶ？

Canción de jinete (1860)

騎馬行

コルドバ
遠く孤独な

黒い馬　大きな月
鞍袋にオリーブの実
ぼくは道を知っている
だがコルドバにいけないだろう

平野をこえ　風をこえ
黒い馬　赤い月
死がぼくを見ている
コルドバの塔の上から

ああ　行手のなんと長いことだ
ああ　ぼくの勇ましい馬よ
ああ　死がぼくを待っている
コルドバにぼくがいくまでに

コルドバ
遠く孤独な

Canción de jinete

まったくだ

――ああ　骨が折れるよ
おれがおまえを愛するように
そのようにおまえを愛するのは！

おまえの愛ゆえ
空気　心臓　帽子
すべておれをいためつける

――おれから誰が買うだろう
おれのこの小さなリボン
この白い木綿の苦しみ
それでハンカチを作るために？

――ああ　骨が折れるよ
おれがおまえを愛するように
そのようにおまえを愛するのは！

Es verdad

シャンソン

オリーブの実をつんでいる
きれいな顔の女の子
彼女の腰に手をまわす
塔につきまとうやさ男の風
通りかかる四人の馬乗り
アンダルシーアの小馬にまたがり
青と緑の上着きて
マントは長く黒っぽい
——コルドバへいこうよ　娘さん
女の子は知らぬふり
通りかかる三人の闘牛士
ほっそりした腰つき
服はオレンジ色で
古い銀の剣さげている
——セビリヤへいこうよ　娘さん
女の子は知らぬふり
夕ぐれがおとずれて
アカネ色の光がひろがった
通りかかる一人の若者
手にはもつ月のバラとミルタの花
——グラナダへいこうよ　娘さん
女の子は知らぬふり
オリーブの実をつんでいる
きれいな顔の女の子
灰色の風の腕がつきまとい
彼女の腰をかかえている

Canción

月の出

月が出る
鐘は消える
通れない小路
あらわれ

月が出る
陸にかぶさる海
はてしのないところで
心臓は孤島の感じ

満月の下
オレンジを食べる者いない

みどり色の氷のような
果物を食べる

どれも同じ百の顔
月が出る
ポケットの中で
しのび泣く銀貨

La luna asoma

夕ぐれの二つの月

1

月は死んで死んでいて
春に生きかえる

ポプラのひたいに
南の風の泡立つとき

ぼくらの心が刈りとった
溜息のとりいれ引きわたすとき

屋根々々が
草の小帽子かぶるとき

月は死んで死んでいて
春に生きかえる

2

夕ぐれは歌う
オレンジに子守唄を

ぼくの小さな妹が歌う
地球はオレンジであると

月は言う泣き声で
わたしオレンジになりたいわ

それはだめです娘よ
バラ色の服をきても
小さなミカンにもなれません
ほんとにざんねん！

Dos lunas de tarde

セレナータ

川のほとり
夜は水にぬれ
ロリータの乳房の中
枝々が愛のため死ぬ

枝々が愛のため死ぬ

三月の橋の上
夜が裸で歌う
ロリータは体を洗う
塩水とナルドの花で

枝々が愛のため死ぬ

屋根々々の上にきらめく
アニース[八]と銀の夜
銀は小川と手鏡で
アニースはおまえの白い太腿

枝々が愛のため死ぬ

Serenata

口をきかない子供

自分の声をさがしている子供
（あれはコーロギの王がもっていたっけ）
ひとしずくの水の中に
子供が自分の声をさがしていた

しゃべるためではありません
ぼくがそれで指輪をつくると
ぼくの無口がはめるでしょう
彼の小さな指に

ひとしずくの水の中に
子供が自分の声をさがしていた

（とらわれの声が遠くの方で
コーロギの服をつけていた）

El niño mudo

さらば

ぼくが死ぬとしたら
バルコンはあけといてくれ

子供がオレンジをたべている
（バルコンからそれが見える）

農夫がムギを刈っている
（バルコンからそれが見える）

ぼくが死ぬとしたら
バルコンはあけといてくれ！

Despedida

自殺 （たぶんこれはきみがきみの幾何学を知らなかったことからおきたこと）

午前十時のことだった
若者はぼんやりしていた

彼の心臓はみちてきた
やぶれた羽とぼろきれの花で

口の中に彼は感じた一つの言葉
しか残っていないことに

手袋をぬぐと両手から
やわらかな灰がふった

塔が一つバルコンから見え彼は
自分をバルコンで塔だと感じた

箱の中で動かない時計が
彼を見つめるのを見ただろう

白い絹のソファにもたれる
静かな自分の影を彼は見た

こちこちの幾何学的な若者
斧のひとふりで鏡を割った

割ると大きな影がふきあげ
空想の寝室を水びたしにした

Suicidio

相聞牧歌

きみは春の秘密を
ぼくから聞きだしたい

だがぼくは秘密を守る
モミの木が守るように

樹木の千の指
指さす千の小路

川がゆっくり流れるわけを
ぼくはきみに言うまい恋人よ

だがぼくのよどんだ声に入れるだろう
きみの目つきの灰まみれの空を

ぼくのぐるりを廻れ浅黒いきみ
そしてぼくの木の葉に用心なさい

もっとまわれもっとまわれ
恋のすいあげ井戸の遊びをして

言いたくても言えないのだ
ああ　春の秘密を

Tòilio

グラナダと一八五〇

夢ではないと

Granada y 1850

ぼくの部屋から
噴水がきこえる

ブドウのつるが一本
太陽の光線が一本
かれらはゆびさす
ぼくの心臓のありどころ

八月の空
ただよう雲
ぼくは夢みている
これは噴水の内部の

水よ　おまえはどこへいく？

水よ　おまえはどこへいく？
わらいながらぼくは流れる
海辺まで

海よ　おまえはどこへいく？

流れをのぼって　ぼくはさがす
ぼくのやすむ泉を

なにをおまえはしているのか　ポプラよ

いいたいことなどありません

ぼくはふるえることができるだけ

川と　そして海から
どこへぼくの望みを投げようか

（あてもなくカラスが四羽
高いポプラにきてとまった）

Agua, ¿dónde vas?

海辺の船乗りふたり

1

心臓に入れて運んでいた
シナ海の魚を一匹

ときどきそれがちらちらと
目の中を通るのが見える

忘れている船乗りのこと
バーやオレンジのことも

水に見入っている

2

シャボンの舌をもっていて
葉を洗いおとし黙ってしまった

世界はまったいらで海はちぢれ
百の星々と彼の船

法王のバルコンも見てきたし
キューバ女たちの金色の胸も

水に見入っている

Dos marinos en la orilla

枯れたオレンジの木のシャンソン

きこりよ
ぼくの影をきりおとせ
実をむすばぬ自分を
見ることの苦痛から
ぼくをときはなせ

鏡　鏡　鏡のあいだに
どうしてぼくは生まれたのか
ぼくをめぐって日はぐるぐるまわる
夜は星々の一つ一つに
ぼくをうつして見せる

自分を見ないで
ぼくは生きたい
アリのむれがぼくの葉っぱで
ほそいわた毛がぼくの鳥で
あるような夢が見たい

きこりよ
ぼくの影を切りおとせ
実をむすばぬ自分を
見ることの苦痛から
ぼくをときはなせ

Canción del naranjo seco

去りゆく日のシャンソン

おまえを去るがままにまかせるとは
なんと骨の折れることか　おお　日よ！

おまえはぼくに満たされて去る
そしてまたくる時はぼくを知らない
どうにもならぬ現実の
可能なるべき現実を
おまえの胸にのこしておくとは
なんとつらいことか！

夕方ちかく　ひとりのペルセウス[九]が
おまえの鎖をヤスリで切る

おまえは山の上を逃げていく
足を傷つけながら
ぼくの肉体も　ぼくの悲しみも
おまえを誘いとどめることはできない
おまえが金色の午睡をまどろむ
これらもろもろの川も

東から西へ
おまえの火の玉を運ぶぼくだ
ぼくの魂がその激しい緊張において
支えているおまえのさかんな炎

東から西へ
ああ　おまえの鳥たちと
風の腕と　もろともに

おまえをうばい去られるとは
なんとつらいことか！

Canción del día que se va

お月さんのロマンス

月がかじ屋へやってくる
オランダずいせんの
まるい輪のようなスカートつけて
月をみる月をみる
子供が月をみつめている
ざわめく空気の中で
月は腕うごかして
あだっぽくてよごれていない
かたい錫の乳房　出してみせる
――お逃げよ　月よ　お月さん
ジプシーたちがやってきたら
おまえの心臓で作るだろ

白い首かざり　白い腕輪
——坊や　あたしにダンスさせて
ジプシーたちがやってきたら
目をとじてカナ床の上に
ねているおまえを見つけるだろ
——お逃げよ　月よ　お月さん
彼らの馬の足音　聞こえるよ
——坊や　あたしにかまわないで
のりのきいたあたしの白い色
ふむんじゃないの

平原のドラムたたいて
馬上の人々　近づいてきた
かじ場の中で
その子供　目をとじた

オリーブの林を通り
ブロンズと夢の人々
ジプシーたち　近づいてきた
頭を高くもたげ
目を半開きにして

なんとフクロウの歌うこと
ああ　あの木の中で歌うこと！
空中たかく月はゆく
一人の子供の手をとって

かじ場の中で　ジプシーたち
泣いたり叫んだり
微風がそれを守る　守る

微風がそれを守っている

Romance de la luna, luna

澄ました娘と風

水晶と月桂樹と
まぜこぜの小路づたいに
澄ました娘やってきて
羊皮紙製の月を奏でる
その音からのがれようと
星なき静寂は落ちていく
魚類でいっぱいな夜を
ゆるがし歌う海のほうへ
山のとがった頂きで
眠っているカービン兵たち
彼らが守る白い塔
中に住むのはイギリス人

水辺のジプシーたちは
気晴しでもしようと
アズマヤなど作っている
貝ガラと緑の松の枝々で

*

羊皮紙製の月を奏でて
澄ました娘やってくる
それを見て風吹きおこる
かつて眠らぬ風だから
素裸の聖クリストバローン
天の舌がいっぱい
やさしい不在の草笛ならし
じろじろと娘を見る

娘さん　服をまくって
体をみてもいいかいな
わしの古い古い指のあいだに
おまえさんのお腹のさ
青いバラの花ひらきなさいよ

タンバリンほうりだし
一目散の澄ました娘
追いかける風男
燃える剣ふりかざし

海はそのざわめきをすぼめ
あおざめるオリーブの木々
物影のフリュート歌いだし
雪のなめらかなゴング鳴る

走れよ走れ澄ました娘
緑の風につかまるよ！
走れよ走れ澄ました娘！
ほら奴がやってくる！
下卑た星々のサテュロスが
ぴかぴか光る舌だして

*

恐怖にかられた澄ました娘
もよりの家へ逃げこんだ
松林のずっと上
イギリス領事館へ

叫び声にびっくりし
よってくる三人のカービン兵
黒い外套にくるまり
軍帽ぐいとまぶかに

イギリス人はジプシー娘に
ぬるい一杯のミルク与える
ジンも一杯さしだすが
澄ました娘は手を出さず

泣きながらその人々に
今の出来事語る時
風は猛然と噛みついている
スレートの屋根に

Preciosa y el aire

格闘

谷間のまん中
魚のように光る
相手の血で美しい
アルバセーテのジャックナイフ
たけりたつ馬　その乗り手
彼らの輪郭くっきりと
すっぱい緑にえがき出す
トランプ遊びの日の光
オリーブの木の枝々で
泣いている二人の婆さん
壁かけのぼる
闘争の牡牛

黒い天使たちはもってきた
ハンカチと雪どけ水を
アルバセーテのジャックナイフの
翼の大きな天使たちだ
モンティリヤ出身の
ホワン・アントニオ
死体となって斜面をころがる
体にはユリの花がいっぱい
こめかみにはザクロの実が一つ
火の十字架にまたがって
今や死の街道に

＊

オリーブの林から
裁判官がやってくる
警察官同道で

ぬるぬるとうめく血痕
ヘビの無言歌
――駐在さん
いつものことがおきました
死んだのはローマ人が四人
カルタゴ人が五人

*

イチジクの木と熱いざわめき
乗馬者たちの傷ついた太腿に
気の狂った夕ぐれが色あせる
黒い天使たち　飛んでいた
沈む夕日の空中を
その髪は長いおさげで
心臓はオリーブ油の　天使たち

Reyerta

夢遊病のロマンス

みどり色　ぼくの好きなみどり色
みどりの風　みどりの枝々
海の上の船
山の上の馬
腰に影のリボンつけて
バルコンで夢みる彼女
みどりの肉体　みどりの髪
二つの目は冷たい銀
みどり色　ぼくの好きなみどり色
ジプシーの月の下
彼女には見えない物たち
その物たちが彼女を見ている

＊

みどり色　ぼくの好きなみどり色
霜の大きな星々が
影の魚をつれてきて
夜明けに小路ひらいてやる
微風をこそげるイチジクの木
ヤスリの枝々
リュウゼツランの毛を逆だてる
泥棒猫の山
でも　誰がくるのでしょう？
そして　どこから……？
彼女はいつまでもバルコンに
みどりの肉体　みどりの髪
海が彼女のにがい夢

＊

——相棒　おれの馬を
あんたの家とかえてくれ
おれの鞍をあんたの鏡と
おれのナイフをあんたの毛布と
相棒　おれはきたんだ
血を流し流し　カブラの港から
——そりゃおまえ　できたら
かえてやりたいよ
だがね　おれはもうおれでないし
おれの家ももうおれの家ではないんだ
——相棒　おれはちゃんと
ベッドの中で死にたいんだ
できたら　鉄のベッドに
オランダ製のシーツをしいて
見えないか　このおれの

胸から喉の　この傷が？
——三百の浅黒いバラの花
おまえの白いシャツについている
おまえの血がにじみ出て
ベルトのあたりに匂っているな
だが　おれはもうおれでないし
おれの家ももうおれの家ではないんだ
——せめて　のぼらしてくれ
あの高いバルコンまで
のぼらしてくれ！
あのみどり色のバルコンまで
そこから水がとどろいている
あの月の手すりまで

＊

今や二人の仲間たち
高いバルコンへのぼっていく
あとにのこる一筋の血
あとにのこる一筋の涙
軒にはふるえていた
ブリキのカンテラ　カンテラ
千個のガラスのタンバリン
朝あけを傷つけていた

＊

みどり色　ぼくの好きなみどり色
みどりの風　みどりの枝々
のぼっていった二人の仲間
風がたっぷり吹いて
口の中にのこしていった
胆汁とハッカと
メボウキの奇妙な味

——相棒　おしえてくれ
おまえの悲しい娘はどこにいる？
いくたびあれはおまえを待ったことか！
いくたびおまえを待つだろうか！
ひややかな顔　黒い髪
あの　みどり色のバルコンで！

＊

雨水溜めに水鏡して
ゆれていたジプシー娘
みどりの肉体　みどりの髪
二つの目は冷たい銀
水の上に彼女を支える
一本の月のツララ
夜はうちとけてくる
小さな広場のよう
よっぱらった巡査たち
門をどんどん叩いていた
みどり色　ぼくの好きなみどり色
みどりの風　みどりの枝々
海の上の船
山の上の馬

Romance somnámbulo

ジプシーの尼さん

石灰とミルタの沈黙
鋭い草の間にゼニアオイ
ムギワラ色の布に
尼さんが縫いとる
アラセイトウ
プリズムの鳥が七羽
とびまわる灰色のシャンデリアの中
遠くで教会がうなる
あおむけになった熊のよう
なんと見事な縫いとりだろう！
なんという優美さだろう！
ムギワラ色の布に

彼女の願いは縫いとること
その空想の花々を
なんというヒマワリだろう！
ピカピカの光りものとリボンの
なんというマグノリア！
ミサ用のテーブルクロース
なんというサフラン
サフラン　月また月！
近くの台所に
砂糖づけのオレンジが五個
アルメリーア[一二]で切り開かれた
キリスト五つの傷[一三]
尼さんの目の中を
馬に乗った二人の男
ギャロップでかける

その音なしの最後のどよめき
彼女のシュミーズもちあげて
じっと動かない遠方に
雲のむれ　山々をながめ
圧しつぶされる彼女の心臓
ビジョザクラと砂糖の心臓
おお　二十の太陽がきらめいて
なんとそびえ立つ高原！
なんという立ちあがる川また川
かいま見る彼女の空想！
だが彼女は縫いつづける　花また花
その時　微風の中に
太陽はまっすぐ立ち
高い窓の格子縞で
あそんでいるチェス

La monja gitana

黒い悲しみのロマンス

おんどりどものくちばし
夜明けをもとめて穴を掘る
その時　暗い山
おりてくるソレダー・モントーヤ
彼女の肉体は真鍮
馬と影の匂いがする
彼女の胸はいぶるカナ床
まるい歌をうなっている
――ソレダーよ　誰をさがす
ひとりぼっちで　この時刻に？
――あたしはさがす　誰をさがす
いってちょうだい

それがあんたになんだっていうの？
あたしはきたの　あたしの
さがすものをさがして
あたしの喜びとあたしという人間を
——ぼくの悲しみのソレダーよ
突進して最後には海にぶつかり
波にのまれていく馬よ
——海をあたしに思い出させないで
なぜってオリーブの土地の
木の葉のざわめきの下から
黒い悲しみが湧いてくるもの
——なんというきみの悲しみ
ソレダーよ
なんという哀れな悲しみ！
きみの涙はレモンの汁　すっぱい汁
待ちのぞむ　すっぱい口
——なんて大きな悲しみでしょう！
あたしは歩く　気ちがい女のように
台所から寝室へ
二つのおさげが床をこすり
悲しみのため　あたしの服も
体も　まっくろになってしまうの
黒くぴかぴか光る石のように
ああ　あたしの木綿のシュミーズ！
ああ　あたしの太腿　赤いヒナゲシ！
——ソレダーよ　ヒバリの水で
体をお洗い　そして心を
安ませなさい　ソレダー・モントーヤ

*

はるか下のほうで川が歌う

空と葉っぱの羽根かざり
新しい日光が冠をかぶる
カボチャの花々
おお　ジプシーの悲しみよ！
きれいな悲しみ　いつもひとりぼっち
おお　隠れている川床の
また　遠い夜明けの悲しみよ！

Romance de la pena negra

聖ガブリエル（セビリヤ）

1

ひろい肩幅　ほそい腰
肌は夜のリンゴ
悲しい口に大きな目
熱い銀の神経の
しなやかな美青年
人なき夜の町を歩きまわる
空気のダリアふみしだく
その黒いエナメル靴
天の短い悲しみを歌う二拍子で
彼とならび得る

いかなる海辺のシュロもない
また王冠つけた皇帝も
また空ゆく星の光もない
碧玉のその胸に
彼の頭がたれる時
夜はひざまずくため
平野をさがす
大天使・聖ガブリエル
彼のため鳴りひびくは
ただギターだけだ
小さな鳩どもを馴らす者よ
ヤナギの木々を敵にまわす者
――聖ガブリエルよ
母の腹の中で子供が泣いている
忘れないでおくれ
ジプシーたちがお前に
服を与えたことを

2

受胎告知をうけた娘
月光に富む貧しい身なり
彼女は戸を開く
街路を歩いてくる星に向って
大天使・聖ガブリエル
ユリの花　彼の微笑
ヒラルダ[一四]の孫の
そのまた子供が訪ねてきた
花模様のチョッキの中に
かくれたコーロギども
ぴくぴくと動く

小さな鐘に変る夜の星々
――聖ガブリエルさま
あたしはここにいます
喜びの釘を三つ付けて
光りかがやくあなた
あなたは開くジャスミンの花
あたしのほてった顔の上に
――神　ともにあらんことを
受胎告知をうけた娘よ
ふしぎな黒髪の娘よ
お前はうむだろう
微風の茎より美しい赤ん坊を
――ああ　あたしの目の玉の
聖ガブリエルさま！
あたしのいのちのガブリエルさま！

あなたに坐っていただこうと
わたしは夢みているのです
カーネーションの肘かけ椅子を
――神　ともにあらんことを
受胎告知をうけた娘よ
月光に富む貧しい身なり
お前の赤ん坊はもつだろう
その胸の上に
一つのホクロ　三つの切り傷
――ああ　輝く聖ガブリエルさま！
あたしのいのちのガブリエルさま！
なまあたたかな乳が
もう湧いてくるのです
あたしの胸の深いところから
――神　ともにあらんことを

受胎告知をうけた娘よ
百の王家の母よ
ひからびて輝くお前の目
馬乗りたちの風景

*

びっくりした受胎告知の
娘の胎内で子供が歌う
その小さな声の中に
ふるえている緑色の
巴旦杏の三つの弾丸

今や聖ガブリエル
空中の梯子よじのぼり
常緑樹に変わっていった
夜の星々

San Gabriel (Sevilla)

アントニート・エル・カンボリオ拘引さる　セビリヤへの途上において

カンボリオ家の息子で孫の
アントニオ・トレス・エレディア
柳のステッキたずさえ
セビリヤへ出かけていった　闘牛見物
浅黒い肌はみどりがかった月のよう
威風堂々とすすんでいく
眉間にはまき毛がたれて
それがつやつや光っている
途中で彼は立ちどまり
まんまるなオレンジの実を
ちぎっては投げ　ちぎっては投げ

水がすっかり金色になるほどに
池の中へほうりこんだ
道の途中
とあるニレの木かげにさしかかると
パトロール中の警官たちが彼をつかまえ
ちょいとこいとばかり連行した
両脇から肘に肘をひっかけて

＊

肩に夕暮ぶらさげて
日はゆっくりと過ぎていき
海へ　また河へむかって
きらりと長い剣の一突き[一五]
オリーブの木々は待っている
南の空にあらわれる山羊座の夜を
馬上姿の一陣の風

鉛色の山の頂き　とびこえる
アントニオ・トレス・エレディア
カンボリオ家の息子にして孫
ステッキなしにやってくる
五人の三角帽子[一六]にかこまれて

アントニオ　きさまは誰だ？
カンボリオと名のるからには
血が五本になってほとばしる
血潮の泉　作ったろうて
いや　きさまは誰の息子でもない
ほんもののカンボリオであるもんか
山をぽつんとさまよっていた
ジプシーたちは死にたえた！
ふるえているぜ　土埃りの下で

古ぼけたナイフ　ナイフ

＊

晩の九時
彼を土牢へぶちこんで
警官の面々
レモン水など飲んでいる
晩の九時
土牢のカンヌキおろされ
空は光るよ
若駒の尻のように

Prendimiento de Antoñito el Camborio

アントニート・エル・カンボリオの死

グァダルキビールのほとり
なりひびいている死の　声また声
男らしいカーネーションの
一つの声をとりかこむ
むかしながらの　声また声だ
彼は彼らの長靴に
イノシシの牙をうちこんだ
彼はこの格闘で　とびはねる
なめらかなイルカだった
敵の血をあび
まっかにそまった彼のネクタイ
だが　短刀四本を向うにまわし

負けるほかなかったのだ
星々がその槍を
灰色の水につきさし
牡牛どもがアラセイトウの
ベロニカ[一七]を夢みるとき
グァダルキビールのほとり
なりひびいている死の　声また声

＊

――アントニオ・トレス・エレディア
浅黒い肌の色　みどりの月
男らしいカーネーションの声
ふさふさとかたい髪のカンボリオよ
グァダルキビールのほとりで
誰がきみの命をうばったのだ？
――ぼくのイトコ四人　エレディア
ベナメヒーの息子たちだ
彼らはうらやんだのだ
ほかの連中がもっていても
うらやみはしないのに
ぼくがもっているとうらやんだ
乾しブドウ色の靴
見事な象牙のメダル
また　オリーブとジャスミンで
こねあわされた　この肌の色を
――ああ　アントニート・エル・カンボリオ
女王にもふさわしい男よ
聖母を思いだせ
きみは死につつあるのだから
――ああ　フェデリコ・ガルシーア
警官をよんでくれ！

もうぼくの腰骨は折れてしまった
トウモロコシの茎のように

*

血が三ヵ所で　ふきあげて
死んでいたその横顔
二度と再びつくられぬ
いきいきと新しい銀貨だ
えらそうな一人の天使が
クッションに彼の頭をよこたえる
他の天使らは　ぼんやりと
顔を赤らめ　カンテラに火をともす
そして四人のイトコたちが
ベナメヒーについた頃
グァダルキビールのほとり
消えていった死の　声また声

Muerte de Antoñito el Camborio

呼び出された者[一八]のロマンス

休むことのないぼくの孤独！
ぼくの肉体の小さな目
ぼくの馬の大きな目
夜に閉ざすことなく
よそ見もしない目だ
かなたでは十三の船の夢が
静かに遠くへ去っていく
それなのにぼくの目は
澄んでいてきびしく
見張りをつづける不寝番
金属と岩だらけの北方を見る
ぼくの血管のない肉体が

そこに凍りついたカードを
ひいてみる北極星

*

川水の重たい牡牛たち
彼らはおそいかかる
その波うつ角の月光の中で
ゆあみする若者たちに
夢遊病のカナ床の上で
ハンマーが歌っていた
馬でいく人の不眠を
また　その馬の不眠を

*

六月の二十五日
ひとはアマルゴ[一九]に言った
——中庭のキョウチクトウを
よかったら切りとってもいい
戸には十字架を一つ描き
その下にきみの名を書きたまえ
なぜならきみの両のワキ腹に
毒ニンジンとイラクサが生えてきて
水をふくんだ石灰のぎざぎざ針が
きみの靴を噛むだろうから
それは暗い夜のことだろう
磁力のある山々の中で
川水の牡牛たち
夢で燈心草を飲んでいる夜だろう
燈明と鐘を注文したまえ
手を十字に組む
その組み方を学びたまえ
金属と岩だらけの

冷たい微風を味わいたまえ
なぜなら　この二ヵ月のうちに
きみは死のカタビラを着るだろうから

＊

空中のサンティアゴ[二〇]
星雲の剣をふるう
アーチ型の空の背後から
重い沈黙　流れ出た

＊

六月の二十五日
アマルゴは目を開いていた
そして八月の二十五日
よこたわって目をとざした
人々　坂道をくだってきて
この呼び出された者を見た

彼は壁にはりつけていた
安らぎを得た彼の孤独を
はっきりとローマ式ラインの
しみ一つない死のカタビラ
その布地のこわばった直線
死とよく釣合っていた

Romance del emplazado

スペイン警官隊のロマンス

彼らの馬は黒
蹄鉄までまっくろ
マントに光る
インキと蠟のシミ
鉛製の頭蓋骨
彼らに涙はない
人造皮の魂ひっさげ
街道をやってくる
セムシで夜行性
どこだろうと
ひっかきまわす命令
暗いゴムの沈黙

こまかい砂の恐怖
気ままに通りすぎる
どろどろのピストルの
わけのわからぬ天文学
頭の中に隠して

*

ジプシーの町
街角にはためく旗
月とカボチャ
さくらんぼのジャム
ジプシーの町
見たら誰が忘れよう？
悲しみとジャコウの町
肉桂色の塔また塔

*

夜がやってきた
夜々の深い夜
ジプシーたち
炉で鍛えていた
太陽と矢のかずかず
戸をみんな叩いていた
重傷の馬一頭
ガラスの雄鶏
歌っていた
ヘレス・デ・ラ・フロンテーラ[二]
風は素っ裸で
不意打ちの街角まがる
夜　銀の夜　夜
夜々の深い夜

*

聖母と聖ヨセフ
彼らは失くした
カスタネット
彼らはさがす
ジプシーたち
ジプシーたちなら
そのカスタネット
見つけるだろう
聖母はやってくる
チョコレート色の紙製の
市長夫人のガウン
巴旦杏の首飾り
聖ヨセフは腕を動かす
絹のマントの中
あとにつづくペドロ・ドメック

三人のペルシャのサルタン
半月は夢にみていた
コウノトリの法悦境を
旗印とランタン
平屋根になだれこむ
鏡の中ですすり泣く
腰の欠けた踊り子たち
水と影　影と水
ヘレス・デ・ラ・フロンテーラ

＊

ジプシーの町
街角にはためく旗
消せ　きみの緑の明り
手がら者がやってくる
ジプシーの町

見たら誰が忘れよう？
海から遠くはなしておけ
髪をわける櫛なしに

＊

二列縦隊前進
祭りの町めがけて
弾薬帯におそいかかる
ときわ木のざわめき
二列縦隊前進
織物の夜のヒダ
天は彼らに
拍車のずらり並ぶ
陳列棚だ

＊

平気だ　平気だ

町は開いた
たくさんの戸　たくさん
警官四十名
略奪してまわる
いっせいに停止した時計々々
疑惑よけに
十一月のふりをした
壜の中のブランディ
風見鶏からおこった
叫び声の長びく飛び立ち
ひづめの踏んづける微風を
たたっ切るサーベル
逃げていく
ジプシーの婆さんたち
くらやみの街路
ねぼけた馬
小銭のカメをかかえて
不吉なマントはかけのぼる
けわしい街路
あとにハサミどもの
すぐ消える渦巻

ベツレヘムの門に
ジプシーたち集まる
傷だらけの聖ヨセフ
娘っ子に
きょうかたびら着せてやる
夜っぴてパチパチ音たてる
鋭くて頑固な鉄砲
聖母は星の唾液

子供らの傷にぬる
だが警官隊
火まきちらし前進
空想は幼くて
裸のまま燃えつきる
カンボリオ家のローサ
切りとられた両の乳房
盆にのせ
戸口に坐り　すすり泣く
ほかの少女たち走る
黒い火薬のバラ
破裂する空中に
おさげ髪なびかせて
屋根々々みんな
土のあぜ道と化した時

石の長い横顔みせ
夜明けはその肩をゆすった

＊

ジプシーの町
炎がきみをとりまく時
沈黙のトンネル通り
警官隊は立ち去る

ジプシーの町
見たら誰が忘れよう？
ぼくの額にきみをさがせ
月と砂のたわむれ

Romance de la Guardia Civil española

馬にのったドン・ペドロ
池のあるバーレスク風ロマンス

進んでいった
ドン・ペドロ　小路づたいに
ああ　この騎士の
なんと涙をながしたことか！
クツワなしの
おとなしい馬にまたがり
彼は求めていった
キスつきパン
窓という窓が
風にきいていた
――なにをなげく
この騎士は？

　第一の池

水の上の空中に
やすんでいる言葉々々
水面には
水浴びする丸い月
はるかに高い
べつの月をうらやんで
子供が一人
岸辺にいて
二つの月を見て言う
――夜よ　うて　シンバルを！

つづき

遠い町に　ドン・ペドロ
やってきた
スギの木立にかこまれた
すっかり金色の町
ベツレヘム？　微風にこもる
ハッカとマンネンコウ
テラスも光れば
雲も光る
アーチ型の門のわれ目から
ドン・ペドロ　入っていく
老人が一人　名付親のおばさんが二人
銀のランプを手に
彼を迎えにやってくる
ポプラ並木は言う――だめだ
夜啼きウグイスは言う
――まあみていよう

第二の池

水の上の空中に
休んでいる言葉々々
水の冠りものには
鳥どもと炎の輪
アシのあいだには
失踪認知の証人たち
羅針盤のない凍った夢が
ギターの木材の中に

つづき

同じ小路たどり
老人が一人　名付親のおばさんが二人

銀のランプを手にもって
墓地へ歩いていった
途中　サフランの花の中に
彼らは見つける
ドン・ペドロの馬の死体
なかぞらに口ごもる
夕ぐれのひそかな声
ガラスの角をうちくだく
不在の一角獣
燃えあがる火事
遠くの大都市
男が一人　泣きながら
土の内部へ入っていく
北には一つの星
南には一人の水夫

最後の池

水の上の空中に
よこたわっている言葉々々
失なわれた声のレモン
涼しくなった花の上で
忘れられたドン・ペドロ
遊んでいるよ
ああ　雨蛙どもと！

Burla de Don Pedro a caballo

タマルとアムノン[三]

月はくるくる空にまわる
水のない国土の上に
虎と火炎のうなり声
夏がまきちらす時
屋根々々の上の方で
鳴り響いていた金属の神経
羊毛の鳴き声たてて
風のさざなみ打ち寄せてきた
大地はさらけだす
癒着した切傷だらけの姿を
白い光線の
鋭い焼き道具におののいて

＊

タマルは夢みていた
喉の中で歌う鳥の夢を
冷たいタンバリンと
月のチターの響きにあわして
軒端にある彼女の裸体
とがったシュロのゆびさすもの
腹の上には白い雪
背中にはアラレを求めて
テラスで歌っていた
裸体のタマル
彼女の足をめぐって飛ぶ
氷のような五羽の鳩
彼女を塔の上からのぞいていた
やせてがっちりのアムノン

股のつけ根は泡がいっぱい
ぶるぶるとふるえるアゴ髯
テラスにはよこたわっていた
光り輝く彼女の裸体
歯のあいだからひびいてくる
ささったばかりの
まだ鳴りやまぬ矢の振動
アムノンは眺めた
低い丸い月を
そして月の中に見た
妹の重く堅い乳房

*

三時半にアムノン
ベッドによこたわった
はばたいて飛びまわる彼の目で

部屋じゅうが苦しかった
どっしりと重い日光
褐色の砂に村々を埋め
見えてくるバラとダリア
その束の間のサンゴ色
とらわれの井戸水
瓶に静寂を放つ
木の幹のコケのあいだで
とろんとしたコブラが歌う
ベッドのひえびえとしたシーツ
うなるアムノン
燃えたつ彼の肉体に
かぶさる悪寒の蔓草
タマルが静かに入ってきた
ひそまりかえった寝室の中へ

遠い足跡が不安な
ダニューブと静脈の色
――タマルよ　おまえの
じっと見つめる夜明けで
おれの目を消しさってくれ
おまえのスカートにヒダ飾り
ぬいつけるおれの血の糸
――兄さん　あたしをほっといて
あたしの肩にあなたのキス
それは蜂雀と軽い微風
二重にむらがるフルートの中の
――タマルよ　おまえの
高い乳房の中には
おれを呼ぶ二匹の魚
おまえの指のさきには
とざされたバラのささやき

＊

王の馬が百頭
中庭でいなないた
どしゃ降りの太陽に
さからっていた
ほっそりしたブドウの木
彼は彼女の髪をつかみ
シュミーズをひきさく
なまぬるいサンゴは描く
ブロンドの地図の小川

＊

おお　家々の屋根に
ひびいていた
なんという叫び声！

なんという短刀の太さ
また引き裂かれたスーツの厚さ！
悲しげな階段を
奴隷たち昇り下りする
静かな雲の下で
たわむれる太腿とピストン
タマルめぐって円をえがき
ジプシーの処女たち悲鳴をあげ
また花のしずくを拾う
苦しみを受けた彼女の花の
閉ざされた寝室の中で
顔あからめる白い織物
ゆるやかな夜明けの音で
ブドウの枝々と魚たち
形を変える

＊

たけりたつ掟破り
アムノンは馬で逃げる
城壁とやぐらから
彼めがけて弓を射る黒人たち
四つのヒズメが空中の
四つのコダマとなった時
タビデはハサミで切った
ハープの絃を

Thamár y Amnón

小無限詩

道をまちがえること
それは雪にとどくこと
そして雪にとどくこと
それは二十の世紀のあいだ
墓地の草をくうことだ

道をまちがえること
それは女にとどくこと
日光をおそれない女
二羽の雄雞を一秒で殺す女
日光は雄雞どもをおそれない
雪の上では歌えない雄雞ども

だが雪が心をまちがえたなら
南の風にとどくことができるだろう
そして空気は呻き声を気にしないから
またしてもわれわれは
墓地の草をくうハメになるだろう

私は見た　蠟の二本の悲しい穂が
火山の風景を埋葬するのを
私は見た　狂った子供が二人
涙を流しながら
一人の殺人者の目玉を
つついているのを

だが二は決して数ではなかった

なぜならそれは苦悩とその影だから
なぜならそれは愛が絶望するギターだから
なぜなら自分自身ではない別の無限の
それは証明だから
それは死体の城壁
また　終りのない新しい復活の罰
死人たちは二という数を憎む
だが二という数は女たちを眠らせる
そして女は日光をおそれないし
日光は雄雞どもを前にしてふるえ
そして雄雞どもだけが
雪の上を飛ぶすべを知っているから
われわれは休むことなく
墓地の草をくうハメになるだろう

Pequeño poema infinito

馬具屋の女房のロマンス

コルドバの　とある農園に
アオイとシャクナゲの咲くところ
馬具屋と女房が住んでいた
女房は邪険な女で
夫は辛抱づよい男だった
女房は二十代のさかり
夫は五十の坂をこえていた
神よ　なんという夫婦ゲンカ！
皆様もごらんあれ
このじゃじゃうま
彼女は老いて弱い夫を
目と口先きでからかった

馬具屋の女房の髪の毛ときたら
女皇帝の髪の毛で
その肉体はルセーナの
澄みきった水のよう
春に彼女がスカートをゆすると
服ぜんたいが匂ったものだ
レモンの匂い　ハッカの匂い
ああ　レモンよレモン
レモン娘のレモンじゃないか
なんと食欲そそる
馬具屋の女房！
みたまえ
かっぷくのいい若者たちが
絹のフサ飾りいっぱいの
ピカピカ光る馬にまたがり

しきりと彼女にいいよった
人品いやしからぬ連中は
戸口の前にさしかかると
腰のくさりのオンス金貨を
わざとピカピカひからせた
相手かまわず誰とでも
言葉をかわす馬具屋の女房
男たちはその小馬どもを
丸石道に円をえがき
ぐるぐるかたこと歩かせた
髪なでつけて身だしなみよき
男としゃべる女房を見よ
その時　あわれなる夫は
大きなキリをぐいとばかり革にさしこむ
若い娘を嫁にもらった

老いて律義な夫なるかな
なんと性悪な馬乗りが
おまえの愛を戸口から
かっぱらっていくことか！
ある月曜日の朝
時刻は十一時半
影もなくさんさんと
イグサとスイカズラに太陽かがやき
山では微風とタチジャコウ
たのしげにおどりおどり
マドローニャのみどりの木の葉
ちらほら散って
馬具屋の邪険な女房
アラセイトウに水やっていた
その時　コルドバ馬をダクで走らせ

男友だちがやってきて
溜息まじりにこう言った
——ねえさん　どうだい
あした　おまえさんのテーブルで
メシをくおうぜ　二人だけでね
——でも　どうするつもり
うちのダンツクを
——やつは知らぬが仏なり
——それ　どういう意味？
——ばらしてやるってことさ
——あの人　すばしっこいわよ
かないそうもないわね　ピストルある？
——もっといいものがある
床屋のカミソリ！
——それ　切れるの？

——ああ　霜よりもね
それに刃こぼれ一つないんだ
——うそでしょう?
——いやさ　ねらいたがわぬ十の傷
やつにおわしてやらあ
おれがいいと思うやりかたでね
腰のあたりに四つ
左の乳に一つ
もう一つ　同じところに
尻にはそれぞれ二つずつ
——今すぐ殺すつもり?
——今夜だ　やつが
革だとか馬の毛だとかもって
もどってきたら
割り堀のそばの曲り角で

Romance de la talabartera

イグナシオ・サーンチェス・メヒーアスを弔う歌

1

角突と死

午後の五時だった
午後のちょうど五時だった
少年はもってきた　白い敷布
午後の五時
一籠の石炭　もう用意は出来た
午後の五時
のこるは死　死だけだった

午後の五時

風は綿花を吹きとばした
午後の五時
ガラスとニッケルの光ばらまいた酸化物
午後の五時
今やもう闘っている　鳩と豹
午後の五時
腿には　さびれた角がくいつき
午後の五時
低音の唸りがはじまる
午後の五時
砒素の鐘の音　そして煙
午後の五時
あらゆる曲り角に静寂はむらがる

午後の五時
意気さかんなのは牡牛だけだ
午後の五時
その時　雪の汗がにじんできた
午後の五時
その時　闘牛場は沃度におおわれ
午後の五時
死が傷口に玉子をうんだ
午後の五時
午後の五時
午後のちょうど五時かっきり

車輪つきの棺桶が彼のベッド
午後の五時
骸骨と笛が彼の耳に鳴った

午後の五時
彼の額の上でもう牡牛がいなないている
午後の五時
死の苦しみで部屋は虹色になった
午後の五時
早くも遠くからしのびよるガングレン[二三]
午後の五時
股の付け根にユリの花のトランペット
午後の五時
どの傷も燃えていた太陽のように
午後の五時
群集が窓々を叩き割っていた
午後の五時
午後の五時
ああ　午後のおそるべき五時！
あらゆる時計の五時だった！
午後の日かげの　五時だった！

La cogida y la muerte

2

流血

ぼくは見たくない！

きてくれと　月に言ってくれ
ぼくは見たくない
砂の上のイグナシオの血を

ぼくは見たくない！

ひろびろと開かれた月
静かな雲の馬のむれ
夢の灰色の闘牛場
囲いの柵にヤナギの木々

ぼくは見たくない！

思い出が燃えあがるからだ
白い小さな花々つけた
ジャスミンにそう言ってやれ！

ぼくは見たくない！

古代世界のあの牝牛
悲しい舌でなめていた
砂の上に流された
血まみれの鼻づらを
そしてギサンドの牡牛[二四]ども
半分は死　半分は石
大地を踏むのにくたびれて
啼いている二つの世紀のよう
いや
ぼくは見たくない！

イグナシオは階段をのぼってゆく
自分の死を両肩にかけて
夜明けをさがしていた
その夜明け　どこにもなかった
彼はさがす　自分の確かなシルエット
それを夢がはぐらかす

自分のきれいな肉体をさがし
流れ出た自分の血に出会った彼
言うな　ぼくにそれを見ろと！
ふきあげる度に力を失なう
血のふきあげが　ぼくはいやだ
階段座席をぱっと照らして
このふきあげ
ふりかかってくる
狂った群集のコールテンと
なめし革の上に
身をのりだせと　誰がぼくに叫ぶ！
言うな　ぼくにそれを見ろと！

せまりくる角を見た時
彼は目を閉ざしはしなかった

だが　おそるべき母たちが
頭をもたげてきたのだ
牛の放牧地をこえて
ひそかな声の微風が吹きおこり
青白い霧の牛番たち
あの天の牡牛たちに呼びかけたのだ
彼ほどのプリンス
セビリヤにはいなかった
彼のような剣もなかった
あんな誠実な心もなかった
ライオンたちの河のような
ものすごい彼の力
大理石のトルソのように
輪郭あざやかな用心深さ
彼の頭を金色にそめていた

アンダルシーアのローマぶり
塩のようなユーモアと
知性のナルド[二五]　彼の笑い
闘牛場での　立派な闘牛士！
山では　山のよい住民！
麦の穂をつかむ　そのおだやかさ！
拍車をあつかう　彼のきびしさ！
朝露への　そのやさしさ！
市場での　陽気なかがやき！
そして暗黒の最後の槍[二六]を打ち込む時の
なんというすさまじさ！

その彼　今や果てしなく眠る
もう彼の頭骸骨の花を開いている
苔と草の葉の正確な指

今や歌いながら　流れくる彼の血
沼地と牧場をわたり　歌いながら
かじかんだ角の上をすべり
生気なく霧の中をゆらめいて
牡牛どもの千のヒヅメにつまずき
長い　暗い　悲しい舌のように
星きらめくグァダルキビールのほとり
苦悩の水溜りをつくるために
おお　スペインの白い壁！
おお　悲しみの黒い牡牛！
おお　イグナシオのきびしい血！
おお　彼の血管のナイチンゲール！
いや
ぼくは見たくない！
血をいれるミサの杯はないのだ

血を飲むヒバリはいないのだ
血をひやす光の霜はないのだ
歌もなければ　ユリの花の洪水もないのだ
血を銀色にするクリスタルはないのだ
いや
ぼくは血を見たくない！

La sangre derramada

3

納棺前の死体

石は一つの額
そこでは夢がうめく
曲りくねる水もなく
凍りついた糸杉もなく
石は一つの肩
時間をかついでいくための
そこにはある　涙の木々
リボン　惑星

灰色の雨が波のほうへ
走っていくのを　ぼくは見た
横たわる石にとらわれまいと
傷だらけのやわらかな腕ふりあげる
両の手足をばらばらにして
血を吸いとってくれない石だ

石は集め　うけ入れる
種子　雲　ヒバリの骸骨
たそがれの狼どもを

だが　音　きらめく輝き
また火を発しない石だ
その作るのは闘牛場　ただ闘牛場
壁なしの　またべつの闘牛場だけだ

今やこの石の上によこたわる
生れよきイグナシオ
終りだ　そして今はなにが起きている？
彼の姿を見よ
死が彼をおおう青白い硫黄
死が彼にかぶせるミノタウロ[二七]の頭

終りだ
彼の口からしみこむ雨
おちくぼんだ胸から

空気がとりみだし去ってゆく
アモール[二八]は雪の涙にぬれ
牛の群れの頂きで体をあたためて

何を彼らは話している？
悪臭を放ち　沈んでいく一つの沈黙
ぼくらはここにいるのだ
横たわり消えつつある一つの死体と共に
かつてはナイチンゲールを持っていた
一つの明るい形と共に
ぼくらは見る　それが今や
底なしの穴だらけになっているのを

死のカタビラにヒダをつけるのは誰？
彼の言うことは　ほんとうではない！

ここでは一人として歌う者はいない
隅っこで泣く者は誰もいない
一人として拍車をぴくりとも動かさず
ヘビをおどろかす者は誰もいない
ここでぼくの欲するのはただ一つ
まんまるな両眼だけだ
この　おそらくは　休らうことなき
この死体をながめるための

ここにぼくは見たいのだ
強い声をもつ　あの男たちを
馬を飼い馴らす男たちを
河を手なづける男たちを
おのれの骸骨が鳴りひびく男たちだ
太陽と火打ち石がいっぱいの口をあけて
歌をうたう男たちだ

ぼくはここで彼らに会いたいのだ
この石の前で
破れた手綱をもつ　この死体の前で
彼らからぼくはおしえてもらいたい
死につながれたこの船長が
そこから出ていく　その出口を

彼らからぼくは示してもらいたい
河のような一つの嘆きを
甘い霧とけわしい断崖をもつ河のような
それはイグナシオの死体を運ぶ河だ
牡牛どもの二重の息づかいを
聞くことなしに　彼は消えてくれ

消えてくれ　まるい月の闘牛場へ
わかい時の月は　悲しくて静かな
牛のようなふりをしている
消えてくれ　魚の歌なき夜の中へ
また冷たくかたまった煙の白い藪の中へ

彼の顔にハンカチをかぶせるな
彼をその運びいく死に慣らすためだ
いけ　イグナシオよ
牡牛どもの熱いいいなきを気にするな
眠れ　飛べ　休め
海もまた死ぬ！

Cuerpo presente

4

魂の不在

牡牛もイチジクの木もきみを知らない
馬どもも　きみの家のアリの群れも
子供も午後の時もきみを知らない
永遠にきみは死んでしまったから

石の背中もきみを知らない
きみがその中で崩れていく黒いシュスも
無言のきみの追憶もきみを知らない
永遠にきみは死んでしまったから

やがてホラ貝[二九]と共に秋がくる

霧のブドウの実と　むらがる山々と
だが誰一人として
きみの目をのぞきこもうとしないだろう
永遠にきみは死んでしまったから

永遠にきみは死んでしまったから
地上のあらゆる死者たちと同じだ
吹き消されて山とつまれた犬どもの中に
忘れさられた　あらゆる死者と同じだ

誰もがきみを知らない　知らない
しかしぼくがきみを歌う
きみのシルエット　きみの優雅さを
その後もなお　ぼくは歌う
きみの物わかりのよさ　その成熟ぶり

死へのきみの望み　死の口の味
きみの男らしい陽気さに
つきまとっていた悲哀を

明るい男　冒険に富んでいた
これほどのアンダルシーアの男
めったには世に現われないだろう
ぼくは彼の気品の高さを歌う
どの言葉もうめくようだ
そしてぼくは思い出す
オリーブの木々をわたる悲しい微風を

Alma ausente

望みのない恋

夜はこばみ　こようとしない
おまえがこれないようにするためだ
ぼくがいけないようにするためだ
だがぼくはいくだろう
サソリの太陽に
コメカミをくわれようとも

だがおまえはくるだろう
塩の雨に舌がやけただれて

昼はこばみ　こようとしない
おまえがこれないようにするためだ
ぼくがいけないようにするためだ

だがぼくはいくだろう
ぼくのへしおれたカーネーションを
ガマガエルどもにまかせて

だがおまえはくるだろう
くらやみの
どんよりしたゴミ捨て場を通って

夜も昼もこようとはしない
ぼくがおまえゆえに死ぬようにと
おまえがぼくゆえに死ぬようにと

Gacela del amor desesperado

死んだ子供

毎晩々々　死ぬ
グラナダで　子供
毎晩々々　坐りこんで
友だちと会話する水

苔むした翼つけた死人たち
くもり風と明るい風と
塔の上とぶ二羽のキジ
そして日は負傷した少年

空にはヒバリの影一つなかった
その時　ブドウ酒の穴倉で
ぼくはきみと出会った
地上には雲のかけら一つなかった
その時　川で
きみはおぼれて死んだ

水の大男が山々の上にたおれ
谷間は彼の犬どもと彼のユリを
ころがしていった
ぼくの腕の紫色の日影で
岸辺に死んでいるきみの肉体
冷たい大天使

Gacela del niño muerto

にがい根

にがい根があり
千のテラスもつ世界がある

いちばん小さな手さえ
水の戸口をやぶれない

どこへ？　どこへきみはいく？
千の窓もつ空がある
——鉛色の蜜蜂戦争——
そしてにがい根がある

にがい

それは足の裏から
頭の内部を傷つける
それはまた傷つける
切りとられたばかりの
生きのいい夜の幹を

愛　ぼくの敵
なんとその噛んでいること
きみのにがい根を！

Gacela de la raíz amarga

暗い死

ぼくは眠りたい　リンゴの眠りを
ぼくは墓地の騒ぎから離れていたい
ぼくは眠りたい　あの子供の眠りを
大海のまん中で自分の心臓を
切りとろうとした子供の

死人たちは血を失なっていないと
くりかえし人が言うのを
ぼくは聞きたくないのだ
腐った口が水を求めていると
ぼくは聞きたくないのだ
草の葉が与える苦痛など

ぼくは知りたくないのだ
夜明け前に働きだす
ヘビの口した月のことも

ぼくはしばらく眠りたいのだ
ほんのしばらく　一分間だ　一世紀だ
だがみなさんは知っていてくれ
ぼくが死んではいないことを
ぼくの口には金色の家畜小屋がある
ぼくは西風の小さな友人だ
ぼくはぼくの涙の
大きな大きな影なのだ

夜明けにはベールでぼくを
つつんでくれ

夜明けは幾つかみかのアリのむれを
ぼくの上に投げるだろうから
そしてぼくの靴を生水でぬらしてくれ
サソリのハサミが横すべりするように

なぜならぼくは眠りたい　リンゴの眠り
ぼくから土を洗い落す
すすり泣きをおぼえるために
なぜならぼくはあの子供と共に
生きたいからだ
大海のまん中で自分の心臓を
もぎとろうとした子供と共に

Gacela de la muerte oscura

逃亡

幾度も幾度も　海の中へ
ぼくはまよいこんだ
耳は切られたばかりの花がいっぱい
舌は愛と苦悩がいっぱい
幾度も幾度も　海の中へ
ぼくはまよいこんだ
ある子供たちの
心の中へまよいこむように

キスをしながら　顔のない人々の
微笑を感じない者はいないだろう
生まれたばかりの赤ん坊をなでながら

死んだ馬どもの
動かないしゃれこうべを
思いださない人はいないだろう

バラはさがすからだ　額に
骸骨のごつごつした風景を
人間の手には地下の根を
まねるほかにべつの意味がないからだ

幾度も幾度も　海の中へ
ぼくはまよいこんだ
ある子供たちの心の中へ
まよいこむように
ぼくをほろぼすだろう光り輝く死を
ぼくはさがしていく

水のことは知らないぼくだ

Gacela de la huída

百年の恋

町を通るよ
ダテ男四人

アイ　アイ　アイ　アイ

通ってはまた通る
ダテ男の三人だ

アイ　アイ　アイ

腰に手をあて
ダテ男二人だけ

アイ　アイ

ふりむくよ
そのダテ男　そして空気！

アイ

ミルタの花ごしに
誰もいない　誰もいない

Gacela del amor con cien años

朝の市場

エルビラ[三〇]の門から　ぼくは見たい
きみが通っていくのを
きみの名を知り
泣きだすために

きみの頰を蒼白くした
九時のどんな灰色の月？
雪の上のきみの種子
あつめるのは誰？
きみのクリスタル刺し殺す
どんなサボテンの　短かい針？……

エルビラの門から　ぼくは見にいく
きみが通っていくのを
きみのまなざし飲みこんで
泣きだすために

ぼくへのこらしめに　どんな声
きみは市場であげるだろう！
小麦の山また山の上の
なんと気ちがいじみたカーネーション！
きみの近くでぼくは遠く
きみが去ると　なんと近いことか！

エルビラの門からぼくは見にいく
きみが通っていくのを
きみの太腿おそいとり

泣きだすために

Gacela del mercado matutino

水に傷つけられた子供

ぼくは井戸へおりていきたい
ぼくはグラナダの壁をよじのぼりたい
見るためだ
水の暗い穴あけ針に
穴あけられた心臓を

白い霜の冠をつけて
うめいていた　傷ついた子供
池　水溜り　泉のむれ
彼らはふりあげた
彼らの剣を空中に

ああ　なんという愛の怒り
なんという突き刺す刃物
なんという夜のざわめき
なんという白い死だろう！
夜明けの砂をほりくずしていた
なんという光の曠野！
子供はひとりだった
その喉の中に眠っている町
夢から湧きおこる泉が
藻草の飢えから彼をまもる
子供とその苦しみは向いあい
からみあった緑色の　二つの雨だった
子供は地上に横たわって
その苦しみは身をかがめていた

ぼくは井戸へおりていきたい
ゆっくりと味わいながら
ぼくはぼくの死を死にたい
ぼくの心を苔でみたしたい
水に傷つけられた子供を見るために

Casida del herido por el agua

泣き声

泣き声をききたくない
ぼくはバルコンをとざした
だが灰色の壁のむこうに
聞こえるのは泣き声ばかり

歌う天使たちがほんの少し
吠える犬どもがほんの少し
ぼくの手のひらに
はまりこむ千のバイオリン

だが泣き声は一匹の大きな犬
だが泣き声はひとりの大きな天使
だが泣き声は一つの大きなバイオリン
涙が風をだまらせて
聞こえるのは泣き声ばかり

Casida del llanto

枝々

タマリット[三二]の森のほとり
鉛の犬たち　やってきた
枝々の落ちるのを待って
みずから折れる枝々を待って

タマリットにはリンゴの木が一本
すすり泣きのリンゴの実が一つ
ナイチンゲールが黙らせる溜め息を
一羽のキジが追いたてる土埃りの中

だが枝々は楽しそう
枝々はぼくらに似ている

雨のことは考えないで眠りこんだ
突然　まるで木々のように

二つの谷が秋を待っていた
水を膝に坐りこんで
象の歩みの薄明り
枝々と木の幹をおしのけていた

タマリットの森のほとり
ベールかぶった子供がたくさん
枝々の落ちるのを待って
みずから折れる枝々を待って

Casida de los ramos

横たわる女

裸のきみを見ると
大地が思い出される
なめらかで　馬どものいない大地
アシのはえていない大地
未来にむかって閉ざされた
純粋形体　銀の国境

裸のきみを見ると
雨の心配がわかるようだ
もろい腰をさがしている雨の
それとも　海の熱病がわかるようだ
広大な顔をして

自分の頬の輝きを見つけないでいる海の
もろもろの寝室の中を
血は鳴りひびくだろう
そして火の剣をふりかざし
やってくるだろう
だが　きみは知らないだろう
ガマガエルの心臓　スミレが
どこにかくれているかを

きみの腹部はもろもろの根の闘い
きみの唇は輪郭のない夜明け
ベッドのなまぬるいバラの下で
死人たちがうめいている
順番を待ちながら

Casida de la mujer tendida

バラ

バラ
夜明けをもとめていなかったバラ
おのれの枝の上で永遠に近いバラ
バラはべつのものをもとめていた

バラ
知識も影ももとめていなかったバラ
肉体と夢の限界
バラはべつのものをもとめていた

バラ
バラをもとめていなかったバラ
空の中で動かないバラ
バラはべつのものをもとめていた

Casida de la rosa

金色の娘

金色の娘
水浴びしていた
水が金色になった

藻と枝々と
彼女を暗くした影の中
歌っていたナイチンゲール
白い娘のために

夜がきた
不吉な銀の明るい夜
黒い微風の下

禿げ山のむれ

濡れた娘
水の中で白かった
水は一つの炎

しみ一つない夜明け
——千の牡牛の鼻づらだ——
冷たいきょうかたびら
凍りついた花飾りの下で

涙にぬれた小娘
炎にゆあみしていた
羽がやぶれて
泣いていた

ナイチンゲール

金色の娘
一羽の白いサギだった
水が彼女を金色にそめた

Casida de la muchacha dorada

暗い鳩

ぼくは見た月桂樹の枝に
暗い鳩が二羽
一羽は太陽で
一羽は月だった
——小さな隣人たちよ
ぼくは彼女らに言った
——どこにあるぼくの墓？
——あたしの尾の中に
太陽が言った
——あたしの喉の中に
月が言った
ぼくは歩いていった

土だらけの腰で
そして見た
雪のように白いワシが二羽
裸の娘が一人
一羽は別の一羽で
娘はそのどれでもなかった
――小さなワシよ
ぼくは彼女たちに言った
――どこにあるぼくの墓?
――あたしの尾の中に
太陽が言った
――あたしの喉の中に
月が言った
月桂樹の枝にぼくは見た
裸の鳩が二羽

一羽は別の一羽で
ふたりはそのどれでもなかった

Casida de las palomas oscuras

注釈

一　ラウレル・デ・ロス・ラウレーレス　直訳すれば月桂樹の中の月桂樹。

二　イシス　エジプト神話にでてくる豊穣の女神。

三　ダウーロとヘニール　ともにグァダルキビールの支流。

四　シギリーヤ　セギディリャという三拍子のダンス曲とちがい、ジプシー・シギリーヤはカンテ・ホンドに属する。前者はカンテ・チコ。

五　ラウテ　ビワに似た楽器。

六　マラゲーニャ　スペインの港町マラガのシャンソン、またスペイン民衆のダンスとその曲、三拍子。

七　ルト　旧約聖書『ルト記』。ルトは異邦人の女であったが、そのやさしさゆえに真の神の恵みをうけた。

八　アニース　アニスの実で匂いをつけたスペインのリキュール。

九　ペルセウス　ギリシャ神話にでてくるゼウスとダナエの息子。怪物メドゥサを退治しその帰途、岩に鎖でつながれたアンドロメダを救う。

一〇　サテュロス　半人半獣の森の神（ギリシャ神話）。酒と女を好む。ローマ神話のファウヌス。

一一　アルバセーテ　スペイン東南部の町、おそらくは刃物の産地であろう。

一二　アルメリーア　スペイン南部、地中海沿岸の港市。

一三　キリスト五つの傷　キンレンゲの花のこと。

一四　ヒラルダ　セビリヤの大聖堂の塔の上にある

人間の形をした風見。

一五　剣の一突き　トレーラ。闘牛のイメージ。

一六　三角帽子　以前のスペイン警官隊の制帽。

一七　ベロニカ　闘牛における剣の突き。

一八　呼び出された者　呪われて、指定の時に神の前に呼び出された者、死に定められた者の意。

一九　アマルゴ　しぶい、にがい、けわしいという意味。ここでは形容詞の固有名詞化。

二〇　サンティアゴ　英語のセント・ジェームズ。十二使徒中の四大使徒の一人。

二一　ヘレス・デ・ラ・フロンテーラ　町の名前。訳せば国境の町ヘレス。

二二　タマルとアムノン　イスラエルの王ダビデの長男アムノンは異母妹タマルに恋して、タマルの兄アブサロムに殺される（旧約聖書『サムエル記』）。

二三　ガングレン　壊疽。体の組織の一部分の死。

二四　ギサンドの牡牛　ギサンドはスペイン・アビラ州の村。その村はずれに、おそらくはローマ時代の遺跡で、戦勝記念と思われる石の牡牛の像が四つある（セルバンテスによれば五つになっているそうだ）。

二五　ナルド　花の名。英語で tuberose. オランダ水仙とも訳した。

二六　槍　バンデリーリャ。鋼鉄のサキのついた太い棒。いろ紙や旗のヒラヒラで飾ってある。牡牛に突撃させるため、その肩甲骨の間に一対ずつ打ちこむ。

二七　ミノタウロ　ミノトール、牛頭人身の怪物（ギリシャ神話）。

二八　アモール　ギリシャ神話のエロス（愛の神）。

二九　ホラ貝　caracola. グラナダを見おろす岡々の

羊飼いはホラ貝を吹き、その音がひびきあう。秋になると岡から平地へうつり、ますます聞こえてくる。

三〇　エルビラ　グラナダの古い城門。

三一　タマリット　グラナダ近郊のロルカ家の地所の名。

あとがき

スペインの劇作家・詩人ロルカの詩集としては「詩の本」（一九二一）、「カンテ・ホンドの詩」（一九二一）、「はじめての歌」（一九二二）、「もろもろの歌」（一九二一―二四）、「ジプシーのロマンス集」（一九二四―二七）、「ニューヨークにおける詩人」（一九二九―三〇）、「イグナシオ・サーンチェス・メヒーアスを弔う歌」（一九三五）、「タマリット詩集」（タマリットのディヴァン）（一九三六）がある。

この訳詩集は右の詩集から選んで作ったものであるが、「ニューヨークにおける詩人」はむずかしいので、その中から「小無限詩」の一篇を訳しただけである。

ロルカはスペイン南部のアンダルシーア地方の都市グラナダ近傍の村フエンテ・バケーロス（訳せば牛飼いの泉）の生まれで、アンダルシーア地方は古来、ジプシーが多く住んでおり、また八世紀の初めから十五世紀の終りまでつづいた、ムーア人（アラビア人）のスペイン占領の中心地である。このことはロルカの詩にあらわれていて、詩集の題をみても、「ジプシーのロマンス集」はもとより、カンテ・ホンドはジプシーの歌であるし、また、ディヴァンというのは、アラビアやトルコ、ペルシャの歌集のことである。「タマリットのディヴァン」の中の諸篇はガセーラとカシーダの二つにわかれているが、この二つはともに恋愛を主題とするアラビアの詩の形式である。二つの区別は私にははっきりわからないし、また、日本語に訳しても意味ないと思ったので、題にはかかげなかったが、「望みのない恋」から「朝の市場」までがガセーラであり、それ以下がカシーダである。全体を通じて、ほとんど死と重なりあった、暗い愛が歌われているように思う。

作曲家のマヌエル・デ・ファリャはロルカと親しかったが、デ・ファリャはスペインの歌に影響を与えた、互いに異質な歴史的な要因として、つぎの三つをあげている。一、カトリック教会によるビザンチン的な歌の継承（礼拝の歌など）。二、アラビア人の侵入。三、多数のジプシーのスペインへの移住とその定着。

そして、これらのジプシーたちがカンテ・ホンドに決定的な形を与えたといわれる。カンテ・ホンドは、訳せば「深く内面的な歌」というような意味である。ロルカは一九三〇年、キューバのハバナで「ドゥエンデの理論と役割」と題する講演をしており、これは彼の詩論ともいうべきもので、duende とは字引に demon と出ていて、ばけものとも訳されているが、ばけものだとすれば、それは人間の内に巣くう暗いばけものである。老いたるジプシーのダンサーがバッハをきいて「まあ、これにはドゥエンデがあるよ」と叫んだとある。「カンテ・ホンドの詩」ばかりでなく、ロルカの作品ぜんたいに、このドゥエンデがあると私は思う。

　ロルカには右のほか「ガリシア詩集」、「オード」など、単行本には収められなかった多数の詩があり、それらは本集に入れなかったが、だいたい本書によって、詩人ロルカを日本の読者に伝えることが出来ると思う。訳すにあたって、私は原詩の形式にはとらわれず自由に訳した。例えばロマンス（ロマンセ）は八綴からなるバラードであるが、私は日本語の詩として読みやすいと思われるような行がえにした。しかしそれに確信があるわけではない。出来ばえを読者に問いたい。

　ロルカの詩はフォークロア的であり、民謡的なものが多く、これへの理解の手引きとして、つぎの一文を少し長いが引用させてもらう。

『ジプシィ歌集』の最も有名なバラードの一つ、「夢遊病者のロマンセ」は、その言葉にほれこんでいるスペイン人には、一字一句まで暗誦されており、音楽的なひびきのある四行で始まるが、意味は、捉えにくい。聞き手、読み手は、その詩句はただ音だけで夢遊病者の気分を描いたものと考えがちである。この場合大切なのは、原文を訳文と対照してみることである。次に両方を掲げる。

Verde que te quiero verde.
Verde viento. Verdes ramas.
El barco sobre la mar
y el caballo en la montaña.

みどりよ　わたしはおまえを愛する　みどりよ。
みどりの風よ。みどりの枝よ。
海にうかぶ　舟よ。

山あいの　馬よ。

このスペイン語のしらべは、みどりという二音節語 Verde の音と、更に三行目の終の単音節の唯一のキイワードによってアクセントが変るということと、この二つに支配されている。この特殊なメロディは右の訳詩には少しも残っていない。しかしどことなく原詩の不思議な簡素な味が、聞きなれた言葉——みどり、風、枝、舟、海、馬、山などに表わされているのではないかと思う。こういう言葉はスペイン語にしろ、英語にしろ、これ以上簡略にすることはできまい。しかも、果してこれでよいのかと思われる程飾り気のないその言葉の背後には、このバラードを貫く情感を凝縮している複雑、且明瞭な心象がひそんでいる。

この筋は次の通り。ジプシイ娘が父親と黄色にそまった草原で、ため池のある平屋根の家に暮らしながら、ある密貿易人を恋している。その男は商売がら、夜中禁制品を積んで舟が着く海辺へと、馬をかって山を越えてゆく。帰路には、税関吏と、見つけ次第発砲する警察兵の目をくらまさなければならない。彼女は幾晩も空しく彼を待ちながら、屋上のテラスから乗り出して、山々に眼をこらし、月をまじまじと仰ぎ、下のため池の青い水草をのぞきこむ。すると微かにもえる青色の反射で彼女の顔はそまるのである。愛人を恋しいこがれる気持が次第につのること、やがて恋人を守ってくれるものは何でもだきしめたい妄念のとりことなる。海、みどりの山、海や山から吹きよせるうるおいを帯びた風、かわくこともつまずくこともないさえかえるみどりの世界、それがかもす豊かな穏かな満ちたりた味わい。とうとう彼女の全身は、その憧れのみどりの世界に恍惚と漂い、しかも彼女のうつしみの実在の世界では、

ジプシイの月をあびて
万物が彼女を見ているのに
彼女には何一つ眼に入らない

とき、みどりの輝きを求める夢遊病者となって、彼女はため池へ身を躍らせる。彼女の恋人は追跡者に致命傷を負わされ、やっとその家に辿りつく、そこで「見苦しくないよ

うにベッド」で死のうとして。彼はおそすぎた。彼女は死んでいた。警察兵がドアを叩く。

この筋のメロドラマ的な部分、この傷手を負った密貿易人の物語は、凡ゆる言葉の無数の民謡のテーマとなっているが、二人のジプシィ、つまりこの商人自身と、娘の父親との対話の形で語られる。詩的に高められた形で芝居がかった直喩と、アンダルシーアの民族の伝統から生まれたすばらしい慣用語句が用いられる。こうして父親は恋人の胸の傷のことに触れ、娘の自殺のことを話してやろうとする。

赤黒いバラが、お前の白いシャツに
三百もひろがった。
お前の肩帯のあたりには
お前の血が匂を放ってにじみ出る。
だけど　私はもう私でなく
私の家はもう私の家ではない……

ここでは詩は民間伝承に端を発しており、そのイメージは誰でも抱いているものである。しかし話のこの部分にからみまたそれに添えて夢遊病者の物語、つまり最初の四行に凝縮されて表面に出ない筋が流れている。その緑の夢想を表わす言葉、活き活きと自在な動きを示す閃光のような心象、つまり海上の船、山あいの馬、にそれは述べられている。夢に覚える緊迫は風景の幻想に示されている。

みどりよ、わたしはおまえを愛する　みどりよ。
大きな蒼白い星が
しののめに道をひらく
影のような魚を連れて現われる。
いちぢくの木は枝をきしらせながら
その横腹をこすり
山がまるで盗みを働く猫のように

腹立たしげにその峯々を逆立てる。

これを読むと未明の刻が鮮かに心にうかぶ。成熟して蒼白に輝き始める低い星、東天に漂うもやの影、さっと木立をゆさぶるひややかな風、黒くうずくまる山々の輪郭、そこに葉先のとがった竜舌蘭が、白みゆく空を背景に俄かに浮き出してくると、それぞれまるで幼な児が独り芝居を演じながら創り出すもののように、じかに肌身にふれるイメージとなって、その正体と生命とを現わしてくる。アンダルシーア平原のジプシイたちなら、その生き生きとした物語にこのイメージをそっくり利用するかも知れない。しかしこの詩は感覚相互間に伝達のドアを開き、二様の現実、つまり実在の世界と、それに勝るとも劣らず真実な夢の世界という二つの現実を支える一つの型に、このイメージを織り込んでいる。それに、他ならぬこの想像に捉えられた現実こそ、表面に出ない物語、つまり緑の世界を求める憧れを語るものであり、たとえジプシイ娘がひややかな月のはなむけのきらめきを浴びながら、ため池の青い水面に漂い、その上外界の狂暴な手が門を叩くときでさえ、その気持が消えることはないのである。

月光のつたが
彼女を水面に支える。

夜はまるで　小さな広場のように
身近なものとなってきた。
よいどれの警察兵が
ドアを叩いていた。
みどりよ、わたしはお前を愛する　みどり
みどりの風よ。みどりの枝よ。
海にうかぶ　舟よ。
山あいの　馬よ。

単純な使いふるされた一連の言葉を、魅力溢れるものとするこの力が、果して納得ゆくように説明出来るだろうか。可能なことと言えば、この詩人の創造の根源をいくらか見つけ出し、その奏でる弦の一部をえりわけて、その創造の手にかかって姿を変えた現実を彼同様に感じとる人々に、その明かにする世界をかいま見せてやるのが関の山である。もっともこれで十分というわけではない。

詩人ラファエル・アルベルティは、フェデリコ・ガルシーア・ロルカが初めて自作の「夢遊病者のロマンセ」を朗誦するのを聞いた時のことを語ってこう云っている「みどりの風という文句をきいて、我々はみな感動し、いつまでも耳に焼きついて消えなかった」。

この文章はいくつもの意味を語っている。結局芸術作品は、芸術家が自分の素材を使いこなすとか、形式だけを完璧にするとか、素材を見て何か連想するとか、何か喜びを覚えたからといって、まとめあげられるものではないのである。熟練のわざも及ばぬところに、それほど完成されていなくても、芸術作品の息づきがきこえ、我々の琴線にふれ、ゆさぶる生気があることも、しばしば見うけられるのである。

知性すぐれ、意識のはっきりした職人として、ロルカはイメージや詩的変形や、真相回避のメカニズムと、伝統的、近代的源泉から学びとれる諸法則を説明することが出来た。超現実主義者のドラマから、十八世紀の人形芝居に至るもの、またアラビア風のカシーダやガセーラから、浅深、長短の言葉を強勢や音の移動がぴたりとゆくように用いてあるソネットの正確な構成に至るものまで、形式上一切想像し得る限りの実験には、価値があったと彼は主張することが出来た。〔アルテュロ・バレア、山本恒訳「詩人とその芸術」（『ロルカ研究』、書肆ユリイカ）より〕

二十世紀に入ってスペインには多くのすぐれた詩人が出たが、これは人民解放の運動と関係がある。「陸の岸にくっついていた人々が大海へのりだしていった」ルネサンス期のスペインは大きな海洋国であったが、だんだんとイギリス、オランダなどにおされてひっこんでしまい、今もってヨーロッパではもっとも近代化のおくれた国である。十九世紀の終りから教権主義への労働者の反抗運動がさかんになってきて、ロルカの生まれた一八九八年にはスペインに初めて労働総同盟が結成されている。一九三一年、アルフォンソ十三世国外へ亡命。一九三六年二月、世界最初の人民戦線政府が成立した。だが同じ一九三六年七月、まきかえしをねらうフランコ将軍がモロッコから外人部隊をひきいて、スペイン南部に上陸。ロルカはこのスペイン内乱のとっぱじまりに、ファシスト軍に殺されてしまった。フランコ将軍のクーデタは「知性の死」を告げた。

　ロルカが有名になったのは、まずこのような彼の死によってであるが、しかし彼の作品ははるかにそれ以上のものである。それはまたスペインのフォークロアと深い関係をもっているが、同時に普遍的である。というより、普遍的な詩人の精神によってフォークロアをとらえているというべきだろう。それはドゥエンデをもつと同時に知的である。

　フランス人のジャン＝ルイ・ションベルの「フェデリコ・ガルシーア・ロルカ」はロルカの死について、あらまし次ぎのように書いている。

　スペインでファシストたちが内乱をおこしたのは一九三六年（わが国では二・二六事件のあった年）の七月十七日だが、この日より一ヵ月後の八月十九日未明、フェデリコ・ガルシーア・ロルカはグラナダ近傍のビスナルで、ファシストの〈黒組〉によって銃殺され、死体はオリーブの木の下に埋められた。三本のオリーブの、その中央の木に、小さな黒い十字架が刻みこまれている。

*

この年の七月十六日には、ロルカはまだマドリッドにいた。その頃はまだ銃声はひびいていなかった。〈わたしはあらゆる人々の兄弟である。わたしは、たった一人のスペイン人にすぎないような、そういうスペイン人を好まない〉とかれは当時、漫画家のバガリーアに語っているが、これは、自分はパルチザンにあらず、と表明したものであろう。ロルカは本質的に左翼であり、心情の社会主義者であったが、行動においては政治的でなかった。人民戦線の側にもファランヘ党の側にも友人をもっていた。かれはおよそ戦闘的ではなく、臆病で、生れつき女性的な男であった。内乱の危機はかれをパニックにおとしいれた。かれは決断力を失なってしまった。アメリカへにげてはどうか、という忠告に対して、〈自分は詩人だ。よもや詩人たちを殺すようなことはあるまい〉とかれは答えている。

*

もしもロルカがマドリッドの自分のアパルトマンにとじこもっていたならば、あるいは殺されずにすんだかもしれない。マドリッドはフランコ軍にたいして頑強に抵抗したし、共産党の理論家フェルナンド・デ・ロス・リーオスと、ロルカは親しかった。だが、グラナダの方が、かれにはもっと好都合かもしれなかった。グラナダにおける名うての右翼、ロサレス兄弟は、かれの友だちであったし、左翼のモンテシノスは、かれの義兄であった。一方、七月十九日のサン・フェデリコの日が近づいてきた。これはロルカ家の大きな祭日で、ロルカはなんとしてもこれに欠席したくなかった。かれはついに決心して、七月十六日、マドリッドをたち、七月十七日、グラナダについた。このグラナダ近郊のフエンテ・バケロス村がロルカの家郷である。

*

フランコ将軍がスペイン領モロッコの外人部隊をひきいて蜂起したのは、この七月十七日であった。これと呼応して、スペイン南部ではメリリヤが内乱の火薬に火をつけた。二日後の七月十九日には、スペインの三分の一が人民戦線から反乱軍の手におちた。グラナダの市民はようやく十九日に武装したが、すでにおそかった。二十一日、〈黒組〉による粛清がはじまった。この粛清はグラナダ近傍において、もっとも残酷であったろうと想像される。グラナダが陥落したあとも、周辺においては、わずかに五つの村落だけが反乱軍のものだったといわれる。ロルカの入っていったのは、まさにこのような情勢の中へであった。かれはホエルタ・サン・ビセンテという村に潜伏していて、そこで二人のファシストによって発見されたのである。

どこの国でも
死は一つの終り
死が来て幕はとざされる
だがスペインではちがう
スペインでは
幕がひらかれるのだ
そこでは多くの人々が
生きている
死の日まで壁のあいだに

その日かれらは
壁のあいだからひき出され
太陽にさらされる
どこの国よりスペインで
死人は生きている
その横顔はよく切れる
ムーア人のナイフのようだ

奇妙なことに、発見されたかれの、まず受けとったものは、逮捕状ではなく、一種の脅迫状であった。逃げようと思えば、逃げることができたであろう。しかしかれは逃げなかった。優柔不断であった。ただ、きわめて安全と思われる、ファシストのロサレス家に居所をうつして、そこに潜伏していた。だが、ほかならぬこのロサレス家で、八月十八日、かれは正式の逮捕状をうけとったのである。ロサレス家の息子ミゲルが命乞いのためかれについていった。しかしミゲルではだめだった。四人息子のうち、もっとも有力なファランへ隊長のペペがおればよかったのだ。ミゲルが宿営地や塹壕の中をさがしまわって、十九日の朝、ようやくペペをみつけ、ロルカの留置されている役所へつれてきたときは、ロルカはすでに銃殺されていた。以上がこの詩人の死の、外部からみた、あらましである。この銃殺は、なんとしてもロルカが人民戦線側にくみするものと目されていたからであろう。

ロルカの芝居はわが国でも上演されたが、まだポピュラーとはいえない。この訳詩集におさめた「馬具屋の女房のロマンス」は、一九三〇年に上演された「靴屋のどえらい女房」の中で流しの歌うたいに化けた靴屋の物語るバラードである。

なお、一九五八年、書肆ユリイカから「ロルカ選集」全三巻が出版されており、私はその詩のうちの一部を訳したが、今みると、はなはだまずい訳で、誤訳もあるので、その訂正増補のつもりもあり、本書を編んだのである。

一九六七年五月

訳者

目次

「詩の本」LIBRO DE POEMAS, 1921 より

新しい歌 4
七月のある日のバラード 5
夢 9
小さい広場のバラード 10
海の水のバラード 14

「カンテ・ホンドの詩」POEMA DEL CANTE JONDO, 1921 より

三つの川の小さなバラード 16
ジプシー風シギリーヤの詩
風景 18
ギター 18
叫び声 19
静寂 20
シギリーヤ通りすぎる 21
通りすぎたあと 21
またそのあとで 22
乾いた土地 23
村 24
短刀 25
四つ辻 26
アーイ！ 27
不意打ち 28
ソレアー 29
ほらあな 30

出会い　31
道　32
デ・プロフンディス　33
おとむらいの鐘の音　33
ローラ　34
アンパーロ　35
死の嘆き　36
忘れるな　38
マラゲーニャ　39
ダンス　40

「はじめての歌」
PRIMERAS CANCIONES, 1922 より

溜り水　41
小さな溜り水　41
バリエーション　42
溜り水、終りの歌　43
半月　44
四つの黄色いバラード　44
アダム　48
時計の空地　49

「もろもろの歌」
CANCIONES, 1921-1924 より

七人むすめの歌　49
窓のノクターン　50
騎馬行（一八六〇）　53
騎馬行　55

まったくだ　56
シャンソン　57
月の出　58
夕ぐれの二つの月　59
セレナータ　60
口をきかない子供　61
さらば　62
自殺　63
相聞牧歌　64
グラナダと一八五〇　65
水よ　おまえはどこへいく？　66
海辺の船乗りふたり　67
枯れたオレンジの木のシャンソン　68
去りゆく日のシャンソン　69

「ジプシーのロマンス集」
ROMANCERO GITANO, 1924-1927 より

お月さんのロマンス　70
澄ました娘と風　72
格闘　75
夢遊病のロマンス　76
ジプシーの尼さん　80
黒い悲しみのロマンス　81
聖ガブリエル（セビリヤ）　83
アントニート・エル・カンボリオ拘引さる
　セビリヤへの途上において　86
アントニート・エル・カンボリオの死　88
呼び出された者のロマンス　90

スペイン警官隊のロマンス　93
馬にのったドン・ペドロ　98
タマルとアムノン　101

「ニューヨークにおける詩人」
POETA EN NUEVA-YORK, 1929-1930 より
小無限詩　105

劇「靴屋のどえらい女房」
LA ZAPATERA PRODIOSA, 1930 より
馬具屋の女房のロマンス　106

「イグナシオ・サーンチェス・メヒーアスを弔う歌」
LLANTO POR IGNACIO SÁNCHEZ MEJÍAS, 1935 より
1　角突と死　109
2　流血　111
3　納棺前の死体　115
4　魂の不在　118

「タマリット詩集」
DIVAN DEL TAMARIT, 1936 より
望みのない恋　120
死んだ子供　121
にがい根　122

暗い死 123
逃亡 124
百年の恋 126
朝の市場 127
水に傷つけられた子供 128
泣き声 130
枝々 131
横たわる女 132
バラ 133
金色の娘 134
暗い鳩 135
注釈 137
あとがき 141

本書は『ロルカ詩集』（みすず書房、一九六七年）を底本とし、再編集したものである。

作品のなかには差別的表現と捉えられかねない語句を含むものもあるが、発表された年代の状況に鑑み、原文通りとした。

著者略歴

フェデリコ・ガルシア・ロルカ　Federico García Lorca

スペインの詩人・劇作家。一八九八年スペイン・グラナダ近傍に生まれる。グラナダ大で哲学、文学、法律を学んだのち、劇作にうちこむ。一九三六年、スペイン内乱勃発の数日後にファシストのファランヘ党により射殺され三十八歳の生涯を終える。詩集に『詩の本』『カンテ・ホンドの歌』ほか、戯曲に『血の婚礼』など。

訳者略歴

長谷川四郎〈はせがわ・しろう〉

文筆家。一九〇九年、函館に生まれる。三七年に満鉄入社、大連に渡る。その後招集され、シベリアで捕虜生活を送ったのち、五〇年に日本帰還。著書に『鶴』『シベリヤ物語』『中国服のブレヒト』など。八七年没。

ロルカ詩集

フェデリコ・ガルシア・ロルカ著
長谷川四郎訳

二〇二〇年七月三一日　初版第一刷発行

装釘　鈴木哲生
編集　中村外
印刷　日本ハイコム株式会社
製本　加藤製本株式会社
発行　合同会社土曜社
〒一五〇-〇〇三三
渋谷区猿楽町一一-二〇-三〇一
www.doyosha.com

本の土曜社

西暦	著者	書名	本体
1939	大川周明	日本二千六百年史	952
1942	大川周明	米英東亜侵略史	795
1952	坂口安吾	安吾史譚	795
1953	坂口安吾	信長	895
1955	坂口安吾	真書太閤記	714
1958	池島信平	雑誌記者	895
1959	トリュフォー	大人は判ってくれない	1,300
1960	ベトガー	熱意は通ず	1,500
1964	ハスキンス	*Cowboy Kate & Other Stories*	2,381
	ハスキンス	*Cowboy Kate & Other Stories*（原書）	79,800
	ヘミングウェイ	移動祝祭日	714
	神吉晴夫	俺は現役だ	1,998
1965	オリヴァー	ブルースと話し込む	1,850
1967	海音寺潮五郎	日本の名匠	795
1968	岡潔・林房雄	心の対話	近刊
1969	岡潔・司馬遼太郎	萌え騰るもの	595
	岡潔	日本民族の危機	1,998
	オリヴァー	ブルースの歴史	近刊
1972	ハスキンス	*Haskins Posters*（原書）	39,800
1976	神吉晴夫	カッパ軍団をひきいて	近刊
1991	岡崎久彦	繁栄と衰退と	1,850
2001	ボーデイン	キッチン・コンフィデンシャル	1,850
2002	ボーデイン	クックズ・ツアー	1,850
2012	アルタ・タバカ	リガ案内	1,991
	坂口恭平	*Practice for a Revolution*	1,500
	ソロスほか	混乱の本質	952
	坂口恭平	*Build Your Own Independent Nation*	1,100
2013	黒田東彦ほか	世界は考える	1,900
	ブレマーほか	新アジア地政学	1,700
2014	安倍晋三ほか	世界論	1,199
	坂口恭平	坂口恭平のぼうけん 一	952
	meme（ミーム）	３着の日記	1,870
2015	ソロスほか	秩序の喪失	1,850
	防衛省防衛研究所	東アジア戦略概観2015	1,285
	坂口恭平	新しい花	1,500
2016	ソロスほか	安定とその敵	952
2019	川﨑智子・鶴崎いづみ	整体対話読本 ある	1,850
2020	アオとゲン	クマと恐竜（坂口恭平プロデュース）	1,500
年二回	ツバメノート	Ａ４手帳	999

土曜社の本

西暦	著者	書名	本体
1713	貝原益軒	養生訓	895
1791	フランクリン	フランクリン自伝	1,850
1815	酒井抱一	光琳百図	1,500
1886	ランボオ	イリュミナシオン ランボオ詩集	2,200
1894	渋沢栄一	雨夜譚（あまよがたり）	895
1897	勝海舟	氷川清話	895
1904	岡倉天心	日本の目覚め	714
1906	岡倉天心	茶の本	595
1911	柳田國男	名字の話	595
1914	マヤコフスキー	悲劇ヴラジーミル・マヤコフスキー	952
1915	マヤコフスキー	ズボンをはいた雲	952
1916	マヤコフスキー	背骨のフルート	952
	マヤコフスキー	戦争と世界	952
1917	マヤコフスキー	人間	952
	マヤコフスキー	ミステリヤ・ブッフ	952
1918	柳田國男	家の話	近刊
1919	大杉栄	獄中記	952
1920	マヤコフスキー	一五〇〇〇〇〇〇〇	952
1922	マヤコフスキー	ぼくは愛する	952
	マヤコフスキー	第五インターナショナル	952
	大川周明	復興亜細亜の諸問題　上・下	各495
1923	頭山満	頭山翁清話	近刊
	大杉栄	日本脱出記	952
	大杉栄	自叙伝	952
	大杉栄	大杉栄書簡集	1,850
	伊藤野枝	伊藤野枝の手紙	1,850
	山川均ほか	大杉栄追想	952
	大杉栄	*My Escapes from Japan*（日本脱出記）	2,350
	マヤコフスキー	声のために（ファクシミリ版）	2,850
	マヤコフスキー	これについて	952
1924	マヤコフスキー	ヴラジーミル・イリイチ・レーニン	952
1925	頭山満	大西郷遺訓	795
1927	マヤコフスキー	とてもいい！	952
1928	マヤコフスキー	南京虫	952
	マヤコフスキー	私自身	952
1929	マヤコフスキー	風呂	952
1930	永瀬牙之輔	すし通	795
1936	ロルカ	ロルカ詩集	2,000
1939	モーロワ	私の生活技術	795